ELISABETTA GNONE

Olga di carta

MISTERIOSA

PAPER CUT DI LINDA TOIGO

Salani Editore

Progetto artistico di Elisabetta Gnone
Sovracoperta di Scozzese Design
Copertina di Elisabetta Gnone
Paper cut di Linda Toigo
Le fotografie dei paper cut sono di Gianluca Camporesi
Post produzione digitale di Litomilano

UNA PRODUZIONE
BOMBUS

www.olgadicarta.com
www.facebook.com/Olgadicarta
elisabetta@bombusmedia.com

ISBN 978-88-6918-350-8

Per informazioni sulle novità
del Gruppo editoriale Mauri Spagnol visita:
www.illibraio.it

dal 1862
Gruppo editoriale Mauri Spagnol
Milano

www.salani.it

Ai miei amici

La giovinezza non ha età

Pablo Picasso

Olga Papel era una ragazzina silenziosa e gentile; esile come un foglietto di carta, aveva dodici anni e una dote speciale: sapeva raccontare magnifiche storie, che lei giurava d'aver vissuto personalmente.

« Impossibile che siano vere! » sostenevano alcuni.

« Magari lo fossero! » sospiravano in molti.

« Lo sono! Lo sono! » giuravano gli altri.

Sta di fatto che, quando la giovane Papel attaccava un nuovo racconto, chi era vicino tendeva un orecchio, le finestre si dischiudevano, le voci nei cortili si acquietavano, volti incuriositi sbucavano da dietro il bucato e chi era in casa usciva, trascinandosi dietro una sedia.

« Perché mai racconterebbe storie tanto strane se non fossero vere?» si chiedeva la gente.

Riguardo a questo, la saggia Tomeo, barbiera del villaggio, aveva un'opinione interessante.

« Per vincere la paura » diceva.

« Paura di cosa? » chiedevano gli altri.

« Dei mostri che mette nelle sue storie, dei quali tutti abbiamo paura ».

« E si può avere paura di crescere? »

LE STORIE DI OLGA DI CARTA

Misteriosa

PROLOGO

« Ha ricominciato! »

« Non dirmelo, piove di nuovo? » L'uomo guardò il cielo e tese fuori una mano.

« No, è Olga, credo abbia cominciato a raccontare una nuova storia ».

Il postino diede l'annuncio al signor Gibòd sul portone di casa, mentre gli consegnava una busta, e questo, incuriosito, sporse subito fuori la testa.

« Dov'è? È qui in paese? » chiese controllando la strada. « L'hai vista o te l'hanno detto? » Il signor Gibòd era un ascoltatore affezionato delle storie di Olga.

« L'ho vista sì, in compagnia del giovane Debrìs. E c'erano anche la nipote di Onelia, Mimma mi pare che si chiami, e quell'altra ragazzina nuova che è ospite loro. Avevano gli zaini sulle spalle ».

« E cosa ti fa pensare che Olga stesse raccontando una storia? »

« Parlava! E se la giovane Papel parla significa una cosa sola: che racconta. O mi sbaglio? »

« Hai ben ragione, vecchio portagrane! » rispose Gibòd assestando all'amico una solenne pacca sulle spalle. « Una volta tanto porti buone notizie ».

L'uomo barcollò e solo per un caso rimase in piedi.

« E dove stavano andando? » gli chiese Gibòd.

« Li ho incontrati vicino al sentiero del Tasso » rispose il postino indicando la montagna che sovrastava il villaggio.

« Mi pare volessero salire. Ma potrei sbagliarmi ».

« Vanno su? È una bella passeggiata! E poi con questo caldo... »

« Sono giovani, amico mio, non sentono la fatica. Un tempo eravamo così anche noi. O non te lo ricordi? Scarpinavamo con don Sero fin su a Punta Malachita, alle due del pomeriggio, con gli zaini pesanti, sotto un sole che cuoceva. Facevamo fatica? »

« Sì, cioè, no. È che... »

« Fattene una ragione, Gibòd, siamo diventati vecchi ».

« Mi spiace per la storia... »

« La storia? Ah, già, che tu sei uno di quelli che credono alle storie della giovane Papel. Allora, vedi che mi sbaglio? Io sono vecchio, tu sei ancora un ragazzino! Ti saluto, Gibòd ».

Il postino si avviò ridendo lungo la strada assolata.

UNA SETTIMANA PRIMA

Nel silenzio della sera, un rumore di ruote echeggiò nei vicoli acciottolati, seguito dal brontolio di un temporale lontano. La macchina grigia svoltò nella via illuminata dai fiochi lampioni, e si fermò davanti a un portone. Scesero due ragazzine stanche dal viaggio e un signore, che aprì il bagagliaio e scaricò due valigie.

« Mimma, prendi il regalo per la nonna, per favore. Portalo su » disse l'uomo.

Il portone si aprì con uno scatto e i tre nuovi arrivati entrarono. Subito dopo cominciò a piovere.

Quattro giorni più tardi pioveva ancora.

« Non ne posso più » disse Mimma, guardando dalla finestra il vicolo trasformato in torrente.

« Uh, non dire così. Serve un po' d'acqua alla campagna, dopo tanta siccità » le rispose nonna Onelia.

Mimma sbuffò. A Balicò non s'era vista la pioggia per mesi, tanto che i fossi erano invasi dai fiori, i pozzi erano asciutti e i prati erano solcati da lunghe crepe profonde che spaccavano la terra.

« E doveva cominciare proprio adesso che siamo arrivate noi? » si lamentò la ragazzina lasciando andare la tenda. Mimma si annoiava a morte, nonostante quell'anno non fosse sola a casa della nonna. Con lei c'era, infatti, Mirina, una nuova amica conosciuta a scuola l'anno prima.

Mirina non era mai stata in campagna e Mimma aveva pensato d'invitarla a trascorrere qualche giorno delle vacanze estive a Balicò, un piccolo villaggio rurale dove lei passava le sue estati da quando era nata, e dove avrebbe voluto vivere ogni giorno dell'anno.

A Balicò Mimma era libera di andare dove voleva ed era sempre in buona compagnia, perché lì vivevano i suoi due migliori amici, Olga Papel e Bruno Debrìs, detto Bruco. In quei giorni di pioggia, di diluvio!, non era ancora riuscita ad andare a trovarli, e stare chiusa in casa, gomito a gomito con Mirina, cominciava a innervosirla; anche perché la ragazza stava rivelando lati del carattere che a Mimma non piacevano affatto, e alcuni, in particolare, la irritavano moltissimo.

« Rifiuta di fare qualunque cosa non le piaccia! E fa i capricci! » si sfogò una sera al telefono con la madre. « Sembra una bimbetta di tre anni! Non mangia la frutta se nonna prima non gliela sbuccia e non gliela taglia; non aiuta a mettere tavola perché dice che è un compito da grandi; non scende a comprare il pane da sola, neanche nella panetteria qui sotto casa; non si rifà il letto per lo stesso motivo per cui non mette tavola; esige, no, dico esige!, una favola della buona notte ogni sera e, senti questa, mamma, la favola deve durare non meno di venti minuti, altrimenti non si addormenta o fa brutti sogni! »

« Mimma, tesoro... »

« No, aspetta! Non finisce mai quello che ha nel piatto e rifiuta di mangiare quello che cucina nonna Onelia se nonna Onelia non s'è lavata prima le mani. Non scherzo, mamma, è vero! Inoltre sostiene di essere allergica a tanti di quei cibi che c'è da chiedersi come non sia ancora crepata di fame e come faccia a crescere. E infatti non cresce! »

« Mimma... »

« Un altro giorno chiusa qui dentro con lei, mamma, e la strozzo! »

« Abbi pazienza, tesoro. Si sentirà a disagio perché non è a casa sua. Vedrai che con il sole le cose miglioreranno » cercò di calmarla la madre.

E infatti fu davvero così.

Come il sole fece capolino, Mimma afferrò Mirina per un braccio e la trascinò fuori.

« Vieni, ti porto a conoscere Olga » le disse.

Mirina piantò i piedi.

« No, non voglio. Voglio andare alla Pozza Verde a fare il bagno! » disse imbronciata.

« Alla Pozza Verde ci andiamo con Olga e Bruco » replicò Mimma. Così detto, voltò le spalle e s'incamminò da sola.

« Aspettami! » la chiamò Mirina, raggiungendola di corsa.

Camminava guardando per aria, senza notare i portoni colorati, le vie acciottolate invase dal sole, il rado viavai del paese, mai affollato, soprattutto d'estate, ché il caldo teneva la gente in casa; i fili del bucato tesi tra i vecchi muri screpolati; gli abbeveratoi del bestiame, scavati nei tronchi o nella pietra; le collane d'aglio e di cipolle appese fuori dalle finestrelle, le irte scalinate che portavano agli usci piccini delle abitazioni in salita, quelle aggrappate alla collina, i rampicanti fioriti, ronzanti di api... Mirina non notava niente. Eppure dovevano essere una novità per lei, che non s'era mai mossa dalla città.

Nei pressi della piazza della chiesa s'imbatterono nel parroco del villaggio.

« Se te lo chiede, digli che vai sempre a messa o ci fa una ramanzina che ci tiene qui tutto il pomeriggio » si raccomandò Mimma sottovoce.

« Vado sempre a messa! » esclamò Mirina al sacerdote, prima ancora che questo le rivolgesse la parola.

« Come? » fece don Sero avvicinandosi.

« Vado sempre a messa! »

« Ah, brava. E come fa la preghiera al padre? »

« Eh? »

« Gloria al padre ».

« Non me la ricordo ».

« Non le dia retta, è nuova ed è emozionata di trovarsi qui » intervenne Mimma frapponendosi tra il sacerdote e l'amica.

« Siete arrivate da poco? » chiese lui.

« Una settimana ».

« Schifosa » sentenziò Mirina sottovoce. « Ha sempre piovuto! »

Don Sero fece finta di non sentire.

« Vi vedrò in chiesa domenica? »

« Certo! » disse Mimma.

« A fare che? » domandò Mirina.

Mimma la portò via con uno strattone.

« Sei un guaio che cammina! » protestò. « Cosa vuoi andare a fare di domenica mattina in una chiesa? »

« Non lo so ».

« Non lo sai? »

« No, mai stata in una chiesa ».

« Mai? »

« No. Tu sei mai stata in un tempio? »

« No ».

« Allora siamo pari ».

« Mimma, tesoro, sei arrivata! » Tomeo Dipì, l'incantevole barbiera del villaggio, giungeva sorridente con la spesa del mercato. « Allora sei tu che hai portato il sole ».

« No, io sono arrivata con la pioggia. E con lei... » Mimma indicò Mirina. « È una mia compagna di classe ».

« Benarrivata! » disse Tomeo stringendo la mano molle, quasi penzoloni, della ragazzina, che sorrideva timidamente.

« Andate da Olga? »

« L'idea era quella. Passiamo a prendere Bruco e andiamo ».

« Verrete a trovarmi qualche volta? »

« Certo ». Si salutarono.

« Quella mi piace! » disse Mirina. « Però ha un nome da maschio ».

« Lei è la migliore » rispose Mimma. « Quel nome l'ha ereditato da suo marito che possedeva la bottega da barbiere prima di lei. Quando è morto, Parnisél ha preso il suo posto e adesso è lei la barbiera del paese ».

« E perché la chiamano col nome del marito, se si chiama Parnisél? »

« Perché erano abituati a dire: "Vado da Tomeo a farmi fare la barba", oppure: "Vado da Tomeo a farmi tagliare i capelli". Per abitudine hanno continuato a dire così e lei è diventata Tomeo ».

« E perché il vostro amico Bruco si chiama Bruco? Da chi ha ereditato il nome? »

« Da nessuno. A scuola qualcuno dice che somiglia a un bruco, ma lui si chiama Bruno ».

« Somiglia a un bruco? Davvero? »

Mimma alzò le spalle e Mirina fece silenzio.

« Che cos'è un bruco? » chiese poco dopo.

« Non sai cos'è un bruco? »

« No » rispose la bambina.

« Non ti è mai capitato di mangiare una mela e trovarci dentro il verme? »

« Le mele me le sbuccia e me le taglia mia mamma ».

« E non hai mai mangiato una mela a morsi? »

« Certo che la mangio a morsi, se no come faccio a mangiarla? Ma il bruco cosa c'entra? »

« Lascia perdere ».

Quando Bruno Debrìs aprì la porta, Mimma gli saltò al collo e gli fece un sacco di feste, mentre Mirina cominciava a farsi l'idea di cosa fosse un bruco: pallido, informe, capelli color polenta, occhiali enormi, erre gracchiante, timido, gentile, un po' insulso, ma simpatico.

« Vieni con noi da Olga? » chiese Mimma al ragazzino, e poco dopo tutt'e tre s'incamminarono lungo il sentiero che costeggiava la collina.

Quando furono a pochi metri dal fiume, Mimma pretese che Mirina l'ascoltasse attentamente.

« Stammi bene a sentire perché è importante » le disse guardandola dritto negli occhi. « Adesso dovremo attraversare il fiume. Al pontile ci sarà un uomo: tu non gli parlerai, non lo guarderai, farai finta che non esista e mi starai sempre vicino. Hai capito? »

« Perché devo fare così? È cattivo? »

« Cattivo non lo so, ma di sicuro è di pessimo umore, lo è sempre. Noi lo chiamiamo Barcabroncio, fai un po' tu... Perciò sali sulla chiatta, gli dici grazie e poi stai zitta. Zitta, capito? Ora andiamo ».

« Non voglio salire sulla chiatta » protestò Mirina quasi in lacrime, cercando di tornare indietro. « Mi fa paura ».

Bruco si chinò verso di lei e in modo benevolo, facendo vibrare le erre nel suo tipico modo, cercò di rassicurarla.

« Vedi » le disse, « il p*r*oblema è che Cod è semp*r*e solo, non è abituato a pa*r*lare con le pe*r*sone. Vive in quella ba*r*acca laggiù, sul fiume. Possiede... bah, niente, se non quella mise*r*a chiatta e qualche a*r*nese. Non è cattivo, solo un po' *r*ude, sai, un solita*r*io. Fo*r*se noi non gli siamo molto simpatici, pe*r*ò questo non fa di lui un o*r*co. Fidati, non co*rr*iamo alcun *r*ischio ».

Mirina acconsentì a proseguire.

« Chi è Cod? » chiese poco dopo.

Mimma lasciò andare un lamento.

« Cod è Barcabroncio » sospirò.

Giunti sul pontile, i ragazzi attesero che il barcaiolo venisse per traghettarli sull'altra sponda. Come la porta della baracca si aprì, Mirina scattò sugli attenti e deglutì.

« È... è lui? » balbettò sottovoce.

Un uomo con un lungo pastrano color fumo e un remo stretto nella mano avanzava verso di loro. Era alto, emaciato, funereo. Sembrava fluttuare nell'aria come uno spirito triste, un traghettatore di anime verso l'inferno.

Dalle tasche slabbrate estraeva qualcosa che metteva in bocca, masticava e risputava a terra.

« Che brutto! » esclamò Mirina.

« Ssst! » le intimò Mimma fra i denti.

« Salite! » ringhiò Cod slegando la fune.

Bruco salì subito dopo Mimma, in un silenzio tetro, rotto solo dallo scorrere del fiume e dal gracchiare molesto dei corvi fra gli alberi; e aiutò Mirina.

Tump! fece la bambina atterrando come un pacco sull'imbarcazione, e...

« Buongiorno, signor Guardachebroncio, come sta? Grazie per il passaggio sulla sua bellissima chiatta, lei è molto gentile a sopportarci » sparò tutto in un fiato stropicciandosi le mani.

Mimma e Bruco, temendo il peggio, chiusero gli occhi e attesero "il ruggito". Poi, non udendo niente, ne riaprirono solo uno per spiare la situazione: Cod fissava Mirina come si studia un oggetto di cui non si capisce la funzione, mentre lei gli sorrideva come i topi sorridono ai gatti nei cartoni animati, quando pregano di non essere mangiati.

Trascorsero così lunghi attimi di terrore per i tre amici. Finché il barcaiolo, scuotendo la testa e borbottando nell'intricata lingua del fiume, si mise al remo. La chiatta lasciò la riva e incrociò la corrente.

ALLA FATTORIA PAPEL

Ogni giorno, Olga aveva atteso l'arrivo delle due amiche alla fattoria. Sapeva che Mimma era a Balicò con Mirina, perché le aveva scritto la data del loro arrivo. Nonostante la pioggia, aveva sperato di vederle arrivare sotto un grosso ombrello, con Bruco.

« Oggi ci sarà il sole! » disse quel mattino a Valdo saltando giù dal letto. « Sarà una giornata bellissima! »

Si vestì in fretta e scese in cucina a preparare la colazione per sé e la pappa per Valdo.

Poi...

« Arriveranno alle dieci » disse, e lei e il cane uscirono nell'aia.

L'aurora tinteggiava di rosa il cielo e le colline. I merli e le cince animavano l'aria con lunghi fischi e canzoni; un cuculo annunciava la sua presenza su un ramo e Gatto rientrava dalla caccia notturna.

« Buongiorno, Gatto » lo salutò Olga. Il micio saltò sul bordo dell'abbeveratoio e si dedicò alle pulizie del pelo.

Di solito, in paese, a quell'ora d'estate tutto deve ancora

cominciare; in campagna, invece, soprattutto d'estate, le attività cominciano presto, prima che faccia caldo.

Olga udì il trattore del signor Tabatùn salire le irte vie della vigna per venire a dare il verderame: da quando suo nonno e suo padre erano morti, uccisi da un fulmine proprio nelle vigne, si occupava lui di quella faccenda. La nonna di Olga gli era grata e lo ripagava con i prodotti della fattoria: vino, uova, formaggio, frutta e verdure dell'orto.

Da lì a poco sarebbe comparsa anche lei, nonna Almida: non lo avrebbe dato a vedere, perché Almida non era tipo da mostrare sentimenti, ma sarebbe stata contenta di trovare Olga nell'aia. Olga si svegliava sempre prima di lei, quando andava a dormire, perché non sempre ci andava. A volte restava a guardare il cielo e a parlare con sua mamma, che in cielo abitava da quando lei aveva sei anni.

Oppure andava a zonzo per i boschi e le valli con Valdo, o partiva con lui per lunghi viaggi straordinari, dai quali tornava a ore insolite, scottata dal sole nei giorni d'inverno, irrigidita dal freddo nelle notti d'estate, più erudita, molto stanca e assai felice.

Sua nonna pensava a lei come a un esserino misterioso, un cucciolo selvatico da addomesticare, una creatura aliena venuta da un altro pianeta, un fiore clandestino che non si sa come coltivare.

E ogni giorno rimpiangeva che Nora, la madre di Olga, non fosse più lì a occuparsi della bambina, perché loro due si capivano, mentre Almida, non sapendo come prendere la nipote, agiva spesso d'autorità: il suo modo di allevare Olga, di educarla, di proteggerla, anche di amarla, e l'amava moltissimo, era intriso di divieti, di opposizioni, di no, di basta, di mai, di non più.

« Sei già in piedi, bene » disse comparendo sulla soglia. Si annodava i lacci del grembiule per andare nella stalla.

« Hai fatto uscire le galline? No? Perché? »

Olga, in mezzo all'aia con gli occhi chiusi e le braccia aperte, stava ancora godendosi le sensazioni di quel bel mattino, il primo dopo tanti di pioggia.

« Ci vado subito » disse, avviandosi con Valdo.

« Ecco, brava. Anche loro hanno voglia di uscire, sai? Hai bevuto il latte? »

« Sì, sì ».

« Ce l'hai messo qualche biscotto? »

« Sì ».

« Di carta, ce l'hai messo! » borbottò Almida. « Che di carta sei fatta, sottile come una foglia di mais ».

« Ci siete? Disturbo? » chiese Olga aprendo la porta del pollaio. Le galline uscirono timidamente, prima le più coraggiose poi le timide, una alla volta. Valdo le incoraggiò con spinte e annusatine impertinenti. *Cococo-coo* fecero queste affrettandosi.

« Quante uova avete fatto, vediamo un po'... » Olga ruppe un uovo per Valdo, che se lo mangiò in una sola leccata, e uno per sé. Mangiò solo il tuorlo, perché l'albume crudo "c'ha i bacilli" diceva la nonna.

Le altre uova le portò in casa dentro a un cesto.

Poi prese il mantice con cui alimentavano il fuoco nel caminetto e con quello soffiò via le foglie dal marciapiede. Con la scopa avrebbe fatto molto prima, ma così era più divertente.

Rientrando udì un rumore d'acqua; abbassò lo sguardo e salvò una lucertola che stava annegando in un secchio accanto all'ingresso.

« Dobbiamo ricordarci di vuotare i secchi e i catini, quando piove, perché ci cadono dentro i piccoli animali che poi non riescono più a uscire » disse a Valdo.

Il cane annusò la lucertola semi intirizzita e concluse che non fosse interessante. Neppure Gatto la degnò di uno sguardo, perché nel frattempo si era appisolato sul bordo della vasca.

Il sole saliva all'orizzonte; i raggi dorati si allungavano sui prati e sui campi, accendevano i pennacchi delle graminacee, le chiome degli alberi e i tetti rossi delle fattorie.

« Che dici, andiamo? » disse la ragazzina.

Il cane rispose con salti d'entusiasmo.

Olga prese un binocolo, un quaderno e una matita.

« Porto gli asini a fare un giro » avvisò la nonna, infilando la testa nella stalla.

« Torni? » chiese Almida.

« Sì ».

« Quando? »

« Alle dieci ».

« Dici alle dieci e non hai un orologio. Non andare lontano! »

« No ».

La bambina si avviò col cane e gli asinelli, attraverso il grande prato che terminava nella boscaglia.

« Pensa, Valdo, pensa se lucertole, vespe, calabroni e zanzare fossero grandi… Quanto grandi? Enormi! Prova a immaginare la nostra fattoria frequentata da lucertole grandi come iguane, che si arrampicano sui muri e ci cadono sulla testa, come capita a volte, e scorrazzano sui nostri marciapiedi tentando di mangiarsi l'una con l'altra e di azzannare noi ».

Valdo abbassò le orecchie, infilò la coda tra le zampe e cercò la fuga.

« No, no, faccio per dire! È solo una prova di fantasia » lo rassicurò la bambina. « Sai cos'è la fantasia, Valdo? È quando immagini un mondo che non c'è. Ora, chiudi gli occhi e prova a immaginare vespe grandi come polli, zanzare grandi come falchi e... Aspetta, non scappare, ti ho detto che è solo fantasia, non è pericolosa, se sai riconoscerla ».

Balzati giù dalla chiatta, dopo aver salutato in fretta il barcaiolo, Mimma, Bruco e Mirina corsero lungo il sentiero stretto tra i prati fioriti, che portava alla fattoria Papel. Le erbe coriacee lasciavano minuscoli semi che si appiccicavano ai vestiti, il sole scaldava la schiena e le cicale cantavano dai boschetti di robinie: Mimma sentiva che la vacanza stava cominciando.

Dopo un paio di curve, trovarono un cancello aperto, che introduceva al cortile ghiaioso di una casa: una ragazzina sotto un largo cappello stava pompando acqua in una vasca di pietra; accanto a lei, due asini accaldati aspettavano di bere. Un gatto seduto sul bordo osservava paziente. C'era anche un cane che, come vide i tre ragazzi, corse loro incontro abbaiando.

Mirina si nascose dietro a Mimma.

« Aaaah! » gridò di paura.

« Non ti fa niente! È Valdo, il cane più buono del mondo! » cercò di rassicurarla Mimma.

« Nooo, ho pauraaaa! »

Olga fischiò e chiese a Valdo di entrare in casa. Poi andò ad accogliere i suoi amici. Lo scricchiolio della ghiaia sotto i suoi zoccoli segnò ufficialmente l'inizio delle vacanze per Mimma.

Con Olga non si vedevano da un anno. Si erano scritte e in un'occasione Mimma aveva raccontato com'era nata la sua amicizia con Mirina, che adesso le stava raggomitolata dietro la schiena. La sua prima vera amica in città. L'aveva descritta come una ragazzina simpatica, che condivideva con lei l'amore per le storie: "... A Mirina piacciono le favole, mentre io preferisco le tue storie, perché sono vere" aveva scritto a Olga. "Sarà felicissima di conoscerti!"

Invece Mirina era disperata. Non toglieva gli occhi dagli asini e badava a tenere alla larga Gatto che voleva strofinarsi contro le sue gambe.

Olga sparì in casa e ne riuscì subito dopo.

« Ho mandato Valdo in camera nostra, potete entrare, se volete, dentro si sta più freschi e non ci sono altri animali » disse.

Mimma dovette prendere Mirina per mano e trascinarsela dietro.

In cucina, fra gli spessi muri di pietra, faceva quasi freddo e la ragazzina si lamentò di nuovo.

« Eh, ma qui si gela! » disse strofinandosi le braccia e sbuffando.

Mimma si vergognò per lei e cominciò a pentirsi d'averla invitata a Balicò. In città Mirina era diversa, non brontolava quando le auto le sfrecciavano davanti sulle strisce pedonali, o quando l'aria puzzava di gas e non c'erano posti dove giocare tranquilli. Protestava lì, invece! Dove avrebbe dovuto essere felice per aver incontrato nuovi amici; dove avrebbe dovuto fare salti di gioia per essere in un luogo sicuro e bellissimo, con tanti animali e alberi carichi di frutti. Avrebbe dovuto essere grata a Olga per tutti i tentativi che stava facendo per metterla a suo agio. Invece, quella sciocca si comportava come una piaga. Era un pesce fuor d'acqua che non faceva nessuno sforzo per far andare bene le cose.

« Non resisto » disse infine Mirina fingendo di battere i denti. « Possiamo tornare fuori? »

« Fuori ci sono gli animali che ti fanno paura » le ricordò Mimma brusca.

« Possiamo andare nell'ortiolo » intervenne Olga. « Là gli asini non possono entrare e dirò a Gatto di stare lontano ».

« Cos'è l'ortiolo? » chiese Mirina.

« È dove nonna va a riposarsi al pomeriggio. È cintato, perché ci sono i fiori e nonna non vuole che le galline e gli asini entrino a mangiarglieli ».

Mirina annuì soddisfatta.

Mimma invece era indispettita: l'ortiolo era la zona privata di nonna Almida e loro non erano mai entrati per rispetto.

Mentre uscivano, Mirina le andò vicino per avere protezione, ma lei scrollò le spalle per levarsela di torno.

Quando notò l'espressione sul viso dell'amica, però, si pentì d'averlo fatto: Mirina la fissava come un cucciolo che è stato sgridato e non sa perché. Aveva l'aria triste e confusa.

Mimma le tese la mano e lei l'afferrò, felice e rassicurata.

NON POSSO FARE NIENTE

L'ortiolo era un fazzoletto di terra all'ombra di un ippocastano, a ridosso di un terrapieno tenuto su da un cumulo di pietre conquistate dal muschio.

La staccionata che circondava l'angolo ombroso era ricoperta da tralci d'uva fragola e lucidi grappoli bruni spiccavano tra le foglie.

C'erano, a ridosso del vecchio muretto, una panchina e uno sgabello zoppo, sopra al quale la nonna di Olga allungava i piedi quando si appisolava, dieci minuti, nei pomeriggi caldi. E c'erano i fiori: vasi di gerani allineati e aiuole di nerine in fiore, calle ed emerocallidi.

Le assi della panchina erano ancora umide dalla pioggia del giorno prima e sullo sgabello erano ben visibili due cacche di uccellino fresche, fresche.

Mirina si guardava attorno chiedendosi dove si sarebbe potuta sedere, mentre Olga, Bruco e Mimma s'erano già sistemati sull'erba umida del terrapieno. Mimma staccò uno stelo e se lo mise in bocca. Poi batté la mano per terra, per fare segno all'amica di andare a sedersi vicino a loro.

« Non posso » rispose Mirina.

« Perché? »

« Perché non posso sedermi per terra ».

« Non è terra, è erba ».

« Non posso lo stesso » disse Mirina.

« Perché non puoi? » le chiese Bruco.

« Perché i miei genitori non vogliono ».

Mimma alzò gli occhi al cielo ricordando le infinite raccomandazioni che il padre e la madre di Mirina avevano fatto ai suoi genitori.

« Cos'altro non puoi fare? » domandò Bruco per curiosità.

La lista era lunga, e Mirina prese a elencarne i punti contandoli sulle dita di una mano, mentre con l'altra si staccava i semini dell'erba medica dai calzoni.

« Non posso stare fuori quando è buio » disse alzando il dito pollice per segnare il primo punto. « E non posso uscire sola di giorno, neanche per andare a comprare il pane ». Alzò l'indice. « Non posso arrampicarmi sugli alberi né sulle scale a pioli; non posso mangiare la frutta colta dagli alberi, se prima non è stata lavata... »

« Neanche l'uva? »

« No. Mi piacerebbe, ma non posso. Così come non posso allontanarmi se non ho detto dove vado. Non posso uscire nelle ore calde... »

"Ma se in casa hai freddo!" avrebbe voluto obiettare Mimma.

« Non posso frequentare sconosciuti... »

« Questo mi pare giusto, anzi, doveroso » intervenne Bruco. « Sebbene mi trovo in obbligo di far notare che, essendo la prima volta che vieni a Balicò, ti saremo sconosciuti tutti, come pure tu lo sei a noi. E dunque non dovremmo frequentarci ».

Seguì un attimo di pausa in cui tutti pensarono a cosa avrebbero dovuto fare. Poi Mimma, scrollando la testa, come per liberarsi da pensieri inutili, fece cenno a Mirina di continuare e a Bruco di non interrompere più.

Per proseguire con l'elenco Mirina dovette servirsi anche dell'altra mano, poiché la prima aveva già tutte le dita alzate.

« Non posso mangiare fuori dai pasti... » e qui aprì una parentesi per elencare tutti i cibi ai quali sarebbe stata allergica. « E non posso bere l'acqua fredda ».

« E gli alcolici? Puoi bere un bicchierino di grappa la sera? » le chiese Mimma ironica. E per la seconda volta si pentì d'averlo fatto: Mirina stava elencando i divieti che regolavano la sua vita ripetendoli a memoria come una tragica poesia.

« Non posso uscire senza un cappello e una felpa; non posso avvicinarmi ad asce, accette, falci, falcetti o coltelli; non posso toccare cani o altri animali e non posso toccare la terra con le mani ».

"Allora la toccherai con la lingua" avrebbe voluto concludere Mimma, ma questa volta riuscì a trattenersi.

Olga si alzò e corse nel magazzino. Tornò con un grosso sacco di canapa e lo distese sull'erba.

« È pulito » disse. Mirina la ringraziò e finalmente poté sedersi vicino agli altri.

Il resto della mattina trascorse più o meno sereno. Olga raccontò d'aver fatto un giro interessante con gli asini;

Bruco informò Mimma delle novità accadute a Balicò durante la sua assenza e Mimma fu felice di scoprire che nulla era cambiato.

Mirina declinò ogni invito a uscire dall'ortiolo per vedere la fattoria, né volle in alcun modo conoscere Valdo, nonostante le rassicurazioni dei ragazzi sulla bontà del cane. Chiese invece una favola.

« Mi racconti una delle tue favole? » domandò a Olga.

« Olga non racconta favole! » precisò Bruco quasi risentito. « Le sue sono storie vere. E comunque adesso non c'è tempo, io devo tornare a casa per pranzo ».

« Neanche un pezzettino? »

« Un pezzetto non avrebbe senso » spiegò il ragazzo, che delle storie di Olga era esperto nonché un fervido difensore. « Olga non comincia una storia se non è sicura di poterla raccontare bene. Ed è quasi mezzogiorno, cioè, mancano nove minuti e in nove minuti si può raccontare solo una poesia ».

« O una barzelletta! » esclamò Mirina interrogando Olga con gli occhi per capire se ne conoscesse una.

Olga scosse la testa. Niente barzellette.

« Cos'è questo verso? » chiese la bambina.

« È Valdo che piange perché non può stare con noi » disse Mimma secca. « Puoi dargli torto? »

« Figurati! » replicò Mirina. « Piangerà perché ha fame, oppure perché vuole andarsene in giro ».

« No, no, piange perché lui e Olga non stanno mai separati » confermò Bruco. « Tranne quando andiamo a scuola. Vero? »

Per non imbarazzare Mirina, Olga le sorrise.

« Piange perché non può conoscerti » le disse tranquilla.

« Sul serio? Mi prendi in giro? »

« No ».

« Be', però io ho paura lo stesso ».

Mimma sbuffò.

« Bel tipo che sei! Quel povero cane deve stare chiuso in casa con questa bella giornata, lontano dalla sua padrona, solo perché tu sei una fifona ».

« Non posso farci niente! »

« Sforzati! »

« No, ho paura e basta! »

« Sei un'egoista! E una fifona! »

Mirina fece spalluccia e mise il muso.

Nonna Almida rientrò dalla vigna, i tre amici salutarono e tornarono in paese. Non prima però di essersi messi d'accordo per il giorno dopo.

« Andiamo alla malga? » propose Bruco.

« Alla malga? » fece Mimma sorpresa. Bruco odiava camminare e per salire al Piano del Tasso occorrevano almeno due ore di scarpinata in salita.

« Sei sicuro? » gli chiese.

« Sì. Ascolta: Mirina trascorrerà con noi una settimana, e camminare è l'unica cosa che non le è stato vietato, giusto? » Mirina, che seguiva il discorso attentamente, annuì. « Perciò o stiamo una settimana seduti nell'ortiolo o andiamo alla malga. Lungo la strada non incontreremo né asini né gatti e la passeggiata è abbastanza lunga per permettere a Olga di raccontare una bella storia, dall'inizio alla fine ».

Mirina applaudì.

Mimma sapeva che nei boschi c'erano i cinghiali e le volpi, e più su i lupi, ma si guardò bene dal dirlo, tanto di giorno era impossibile vederli; Olga e Bruco non ne avrebbero fatto cenno e tutto sarebbe filato liscio.

« Mi sembra una buona idea » concluse infatti.

Nessuno di loro era stato informato dei sinistri lamenti della montagna, né delle lunghe crepe che s'erano aperte sul costone sopra la strada. La frana del Tasso si stava muovendo, ma i ragazzi non lo sapevano.

Quella sera sul suo quaderno, sotto un disegno che aveva fatto al mattino, che ritraeva tre zebre e due asini che brucavano vicini, e a un appunto che diceva: "Socializzano senza difficoltà", Olga scrisse: "I cani non conoscono la differenza fra realtà e fantasia. Come i bambini."

Dopo qualche secondo aggiunse il seguente quesito: "A che età s'impara a distinguerne il confine?"

"PUONA CITA"

Il giorno seguente, Olga, Mimma e Mirina si trovarono davanti alla casa di Bruco.

Avendo deciso che sarebbero stati via tutto il giorno, si erano caricati gli zaini sulle spalle, con l'acqua, la frutta e i panini per il pranzo.

« Mi racconti una storia? » chiese Mirina ancora prima che si avviassero. Lo ripeté così tante volte e a voce così alta, che il padre di Bruco riuscì a udirla dal suo studio, sul lato opposto della casa.

Qualche istante dopo comparve sull'uscio di casa.

« Andate lontano? » chiese.

Il signor Debrìs, professore in pensione, era fra coloro che alle storie di Olga credevano ciecamente. Non solo, le trovava istruttive e oltremodo interessanti, ricche di suggestioni e di spunti che davano da riflettere, e le ascoltava sempre volentieri.

Era perfino capitato che, per non perdere una parola di quei racconti, Debrìs seguisse di nascosto i ragazzi e ascoltasse mimetizzato fra gli arbusti.

« Andiamo alla malga, te l'ho detto » gli rispose il figlio. « Non te lo ricordavi già più? »

« No, no, me lo ricordavo, dicevo così. Be', be', non tornate tardi e non cacciatevi nei guai » disse il professore con un bel sorriso. Se fosse stato al corrente di quanto era stato riferito dal pastore la sera avanti avrebbe fermato i ragazzi. Invece li salutò gaiamente, con la mano, e rientrò in casa.

« Che via facciamo? La bassa o saliamo dal sentiero dei Caprioli? » chiese Bruco alla compagnia.

« Facciamo la bassa, l'altra è troppo lunga e l'ultima parte è più ripida » gli rispose Mimma.

« Vada per la bassa allora, anche se bassa non lo è per niente ».

I quattro amici s'incamminarono lungo via Poggio, dove viveva Bruco, e presto svoltarono in vicolo Torto, dove incontrarono alcuni amici, o quasi amici...

« Dove andate? » chiese Davin Grampet, accompagnato da due dei suoi fratelli.

« Alla malga » rispose Bruco, certo che quella destinazione non facesse gola a nessuno, tanto meno a quelle teste leggere dei Grampet.

« Perché ci andate? » chiese infatti Pod storcendo il naso.

« Così » rispose Bruco.

« Chi è lei? » domandò il piccolo Timet, con un sorriso, senza aprire bocca, puntando solo il dito verso la ragazzina accanto a Mimma.

« Io? » fece Mirina.

Timet annuì.

« Mi chiamo Mirina, e tu? »

« Si chiama Timet » rispose il maggiore dei tre, Davin, tirandosi dietro il fratello.

Per strada, Mimma spiegò a Mirina che Timet non aveva mai parlato, e che dei quattro fratelli Grampet era il più giovane e l'unico gentile.

« Poi c'è Almaris » continuò Mimma, e improvvisamente le guance di Olga si tinsero di rosso. « Speriamo di non incontrarlo perché è insopportabile! È il più grande dei quattro, un bullo che si crede chissà chi solo perché ha gli occhi verdi, un bel sorriso e la pelle abbronzata! »

'Però!' pensò Mirina.

« Come al solito esageri, Mimma » disse Bruco. « Ari non è un bullo ».

« Oh, e da quando ti è simpatico? »

« Da quando mi ha difeso dalla banda dei Malan. Loro sì che sono dei bulli. Ari non è cattivo, fa un po' lo sbruffone, studia poco, ma c'è di peggio secondo me ».

« E secondo me tu ne sei innamorata! » disse Mirina ridendo a Mimma.

« Io? Sei fuori di testa? Innamorata di quello là? »

« Chi parla d'amore? » Una signora enorme, vestita di rosa, con un cagnolino al guinzaglio apparve sull'uscio della bottega del pane. Nonostante stazzasse come un baule da viaggio, e fosse più alta di un armadio, era una creatura graziosa e molto gentile.

« Mimma! » esclamò illuminandosi tutta. Mimma andò ad abbracciarla. « Ora compagnia è completa! » disse la signora con un piacevole accento straniero; invece di "gnia" disse "ghnia", con la g dura.

« Le presento la mia amica Mirina » disse Mimma, introducendo la nuova venuta a Erisina Casol, detta la Casolina.

Mirina non stentò a riconoscerla, poiché aveva sentito parlare molto di lei. Ma, temendo il cane, non si avvicinò e non strinse la mano alla signora.

« Ha paura di Bambù » spiegò Mimma.

« Oh, ma *Pampù* non fa niente! Lui è *p*uoni*s*imo! »

« Sì, ma lei ha paura lo stesso ».

« Oh, *f*e*t*rai che stan*t*o con loro paura pa*s*erà! » disse la Casolina alla ragazzina che si teneva distante. « *F*i fermate *uno* po'? »

« Io tutta l'estate, lei ancora una settimana ».

« Così poco? Pe*c*ato! Tanto *p*ello q*v*i, aria tanto *p*uona e *c*ente è simpatica ».

« In realtà siamo qui già da una settimana, ma l'abbiamo trascorsa chiuse in casa a guardare piovere » spiegò Mimma.

« Oh, sì! Tanta pio*cc*ia! Sco*r*e*f*a come fiume in paese! An*t*ate a fare *c*ita? »

« Andiamo alla malga » le disse Bruco.

« Oh, *p*ello là! *P*elissimo! Ma troppo fatica per me » sorrise. « Pastore Mello era in *f*ila*cc*io ieri sera, parla*f*a con parroco don Sero, strano, no? Lui no scen*t*e mai in q*v*esta sta*c*ione; sua facia era mooolto seria; io penso che lui ha per*t*uto pecore, sì? Chissà, con tutta la pio*cc*ia che è caduta, po*f*erine ».

« Ah, il cane di Mello non si perderebbe mai una delle sue pecore » disse Bruco ridendo. « Stia tranquilla, le pecore non c'entrano. Sarà sceso per qualcos'altro ».

« Tu pensi, sì? Allora io sto meglio. *F*i au*c*uro *p*uona *c*ita! »

« Cos'è una puona cita? » chiese Mirina dopo che ebbero salutato la Casolina.

« Voleva dire "buona gita". Non è di qui, te l'ho raccontato » le ricordò Mimma. « Anche lei è una fan delle tue storie, vero, Olga? »

« Oh, la storia! » si ricordò Mirina. « Quando me la racconti? Adesso? Daiii! »

Diventò così insistente, che Olga scelse di raccontare, a quella ragazzina che si comportava ancora come un cucciolo, la storia della bambina con i vestiti grandi.

« L'hai conosciuta? » le chiese Mirina prima che potesse cominciare.

« No » rispose Olga.

Bruco e Mimma si guardarono stupiti.

« Tu non racconti mai storie di persone che non hai conosciuto » obiettò Bruco.

« È vero » rispose Olga, « ma questa volta è andata così. Conosco la sua storia perché ho trovato il suo diario. Era su un brigantino che andava alla deriva, posato sul tavolo dell'ufficiale di rotta. Vi chiederete come ne sia entrata in possesso: è una lunga storia. Il fatto più sorprendente, però, è che quel diario mi risultò da subito molto familiare… »

LA BAMBINA CON I VESTITI GRANDI

Non fosse stato per i vestiti che le stavano grandi, sarebbe sembrata una bambina come tante: né alta né bassa, né magra né grassa, non brutta e forse anche un po' bella, intelligente, sì, ma non un genio, insomma un tipo comune. Possedeva anche un nome comune, uno come tanti, ma tutti la chiamavano Misteriosa.

Da quando era nata, in casa non aveva sentito dire altro: "Dov'è quella misteriosa di una bambina?", "Cosa fa quella misteriosa di una bambina?", "Ma com'è misteriosa questa bambina!" E così a forza di sentirsi dire misteriosa, si era convinta d'essere Misteriosa. E quando le chiedevano: "Come ti chiami?", lei rispondeva: "Misteriosa Modemàs".

La famiglia Modemàs era una famiglia come tante: un padre, una madre, due fratelli maggiori, un gatto e due pesci color pesca.

A tre anni la bambina fu mandata in un asilo normale, a sei venne iscritta a una scuola normale, dove rivelò d'essere un'alunna nella media, cioè con la media del sette e raramente dell'otto. Come molte bambine aveva anche delle amiche, amiche come tante.

Riguardo ai vestiti, invece, la questione quasi mandò al manicomio sua madre: qualunque capo d'abbigliamento a Misteriosa stava grande. Anche se sulla targhetta c'era scritta la sua età, anche se l'etichetta riportava la sua taglia, anche se sua mamma la misurava prima di uscire e poi nei negozi tirava fuori il metro e misurava i vestiti, e solo se altezze e larghezze combaciavano al millimetro, acquistava i capi, neppure così c'era verso di farle andare bene una maglia o un paio di calzoni, a quella bambina.

« Sembra uno spaventapasseri » mormorò una sera suo padre, il signor Modemàs, rientrando dal lavoro. « Bisognerà farle degli orli ».

La signora Modemàs diede fuori di matto.

« Sai quanti orli ho già fatto? » strillò agitando le braccia. « Faccio l'orlo, le appoggio contro il vestito e sembra che le vada bene, poi lei lo indossa e ci sparisce dentro. È un incubo! »

Il signor Modemàs si scusò con la moglie.

Dopo cena, chino sulla bambina, che all'epoca aveva cinque anni, con fare complice, a voce bassa, le chiese: « Di' la verità, piccolina, ci stai facendo uno scherzo? » Misteriosa, guardando suo padre dal bordo del collo del maglione, che le arrivava sotto il naso, le maniche che pendevano oltre le mani e le braghe che strisciavano per terra, scosse la testa e, sciabattando, perché le scarpe le stavano grandi, s'infilò nella camera dei suoi fratelli, seguita dal gatto.

Ruben e Pau Modemàs erano abituati ai vestiti grandi della sorella. Così come erano abituati a cercarla dove di solito non si cercherebbe una persona. Misteriosa infatti aveva l'abitudine di nascondersi nei quadri o, più in generale, nei disegni, nelle illustrazioni, nelle fotografie, nelle locandine dei film o dei cartoni animati.

Non era l'unica a saperlo fare, molti bambini ne sono capaci, e anche diversi adulti, ma nel suo paese era un comportamento poco accettato. Nascondersi nei disegni era considerato una fuga dalla realtà; più precisamente dalle proprie responsabilità, dai problemi, dai quotidiani doveri, insomma, per dirla come la nonna di Misteriosa, un atteggiamento infantile da estirpare il prima possibile.

In effetti, Misteriosa scappava a nascondersi in un disegno ogni volta che si presentava una situazione difficile, che non le piaceva o che l'annoiava. Dai due ai tre anni si dileguava non appena il pediatra suonava il campanello, o quando qualcuno apriva il rubinetto della vasca da bagno; o, ancora, se in cucina annusava l'odore, nauseabondo per lei, della crema di verdure, o appena sua madre annunciava che sarebbero andati a visitare una persona noiosa o a comprare vestiti nuovi.

"Dov'è quella misteriosa di una bambina?" si sentiva allora chiamare di stanza in stanza. "Dove si nasconde questa volta, la nostra bambina misteriosa? Sarà mica nella vasca dei pesci?" Non sarebbe stato tanto strano. I pesci erano gli unici a non sbuffare quando Misteriosa spariva in un quadro, e non alzavano gli occhi al cielo quando diceva qualcosa di strano…

« Oh, la nipote di Onelia! Sei arrivata anche tu? » Il postino incrociò il gruppo dei ragazzi quasi all'imbocco del sentiero del Tasso. « E lei chi è, una cuginetta? » chiese indicando Mirina.

« No, è una mia amica, è ospite da noi » rispose Mimma.

« Ah, capisco. Riceverà posta? »

« No, si ferma poco ».

« Qualche giorno di vacanza, insomma ».

« Sì ».

I ragazzi lo salutarono e proseguirono.

« Cosa diceva di strano, Misteriosa? » chiese Mirina a Olga.

« Molte cose. Per esempio... »

Era capace di interrompere un pranzo dicendo: « Ho fumato il calumet della pace con il capo Nasorosso e non mi è piaciuto per niente! » Oppure: « Il becco dei Digonghi selvatici è più grosso del becco dei Prociudini acquatici, seppure questi abbiano un'apertura alare molto più estesa ».

Una volta a sua mamma disse: « Ho partecipato a saccheggiare il tesoro del terribile re Acutanhama e ho rischiato sessanta frustate! »

« Eh? » rispose quella.

A suo fratello Pau arrivò a dire: « Credo che mi incoroneranno imperatrice della Galassia YX65 ».

« Sì, ti saluto » fece lui.

Era difficile capirla. Anche perché, eccetto quando faceva strane dichiarazioni, non parlava quasi mai. Pensava molto in compenso. Misteriosa era una bambina spesso soprappensiero. Pensava a cose del tipo: da dove veniamo, perché siamo qui, dove cadono le stelle quando cadono, c'è un'autorità a cui potrei inoltrare la richiesta per diventare un gatto, perché non ho le branchie, perché non posso stare sveglia di notte e dormire di giorno, chi ha stabilito che 5 sia un brutto voto (Misteriosa pensava che 5 fosse un numero bellissimo, da scrivere, da leggere, da guardare e da pronunciare; e le piaceva avere 5 dita per ciascuna mano e ciascun piede; sei sarebbero state troppe, quattro troppo poche. Mentre non le sarebbe piaciuto avere 5 braccia, 5 gambe, 5 occhi, 5 nasi e neppure 5 lingue.

« Bleah! » fece Mirina.

« Eh, già ».

Poteva anche accadere, e succedeva spesso, che davanti a un'immagine che le piacesse molto, senza che all'orizzonte si profilasse alcuna minaccia, Misteriosa si sfilasse le scarpe e seguendo un antico istinto, con tecnica ancestrale, lasciasse il mondo del reale per entrare in quello della fantasia. A tre anni era il disegno sulla tazza del latte: c'erano due cerbiatti, con le macchioline bianche sul manto dorato, sull'erbetta un po' sbiadita di un prato appena accennato, che giocavano con un coniglio color polenta; e qualche volta anche con una bambina scalza.

« Ciao, vi piace il latte con i biscotti? » chiedeva Misteriosa agli animaletti.

« No, ci piacciono l'erbetta fresca e il trifoglio » rispondevano loro.

« Posso assaggiarli anch'io? »

« Misteriosa, sputa l'erba ed esci subito da lì! » strillava sua madre. « Ti prenderai un malanno a camminare scalza sull'erba bagnata! »

« Esci da lì immediatamente, Misteriosa! O come è vero Iddio vengo a prenderti e come ti ho fatta ti disfo! » le gridava quando, a quattro anni, rifiutava di uscire dalle splendide illustrazioni di un vecchio libro di fiabe.

« Sono l'orco nero e vi sbrano tutte! » ruggiva Misteriosa inseguendo le fate acquarellate. Spaventarle e farle arrabbiare la divertiva più che giocare a essere una di loro. Alle fate, Misteriosa, preferiva le lucciole e tante volte era stata una lucciola dei boschi. Mescolata a mille altre, aveva tempestato di minuscoli bagliori le notti dipinte sulle pagine dei libri illustrati, scoprendo d'essere l'unica femmina, poiché solo i maschi delle lucciole volano. Questo, lei, non lo sapeva prima.

« Vieni giù, vieni giù! » la chiamavano le lucciole femmine dai prati bui.

« Venite su voi! » rispondeva lei, per nulla intenzionata a scendere e a posarsi.

A sei anni fu gettata nel cassonetto della carta assieme alla pubblicità di una vacanza per bambini.

« Cosa? » esclamarono i ragazzi.

« Non fu certo il primo incidente che le capitò » spiegò Olga.

Suo padre aveva portato a casa per lei un dépliant che pubblicizzava una vacanza in un'incantevole baita di montagna, al limitare di un bosco innevato. Dopo averlo osservato attentamente, Misteriosa rispose che di andarci sola non se lo sognava neanche e il dépliant fu gettato via.

Quella sera la bambina non si presentò a cena. Poiché non c'era crema di verdure, ma crespelle al formaggio che le piacevano tanto, la famiglia si preoccupò. La cercarono per ore, dappertutto! Sopra e sotto il letto, sopra e sotto il divano, nella vasca da bagno, nella cuccia del gatto, nei cassetti, nella vasca dei pesci...

« Misteriosa, dove sei? Dove sei, Misteriosa? » chiamavano ancora a notte fonda. Stanchi e affranti, fratelli e genitori si ritrovarono in cucina che il giorno albeggiava e di Misteriosa non c'era traccia.

« Il cestino della carta! » esclamò a un tratto la madre schizzando su dalla sedia sulla quale era appena crollata.

« Cosa? » fecero gli altri.

« Il cestino della carta! » ripeté lei.

« L'ho vuotato » disse il padre. « Perché? »

« La baita! » spiegò la signora Modemàs battendogli una mano sulla fronte per non averci pensato lui.

« Ha detto che non ci voleva andare! » protestò l'uomo.

« Lo so, ma il disegno sul volantino: hai visto come lo guardava! »

Siccome era mercoledì, giorno di ritiro della carta, tutta la famiglia si riversò in strada, e i due fratelli ricevettero l'ordine di fare una cosa per la quale in altri momenti sarebbero stati puniti: dovevano infatti tuffarsi nel cassone e tirare fuori tutto quello che c'era dentro, finché non avessero trovato la sorella, prima che il camion del Comune facesse il solito giro.

«Misteriosa lo racconta così nel suo diario...»

"In pochi minuti quei due scimuniti rovesciarono sul marciapiede mucchi interi di scatole di cartone, schiacciate, piegate, strappate; bollette, targhette, avvisi, fogli, foglietti, fogliettini, bucce di banane gettate dal solito screanzato... Come il camion del Comune girò l'angolo, Ruben mostrò il foglio piegato a fisarmonica.

« Eccolo! » gridò vittorioso. Poi scrollandolo aggiunse: « Esci, deficiente! »

Era riferito a me.

« È stato bellissimo! » raccontai mentre tornavamo verso casa. « Dentro alla baita c'era un intenso odore di pino e tutto era fatto di legno. Due elfi mi hanno offerto una cioccolata calda e poi siamo usciti a giocare nella neve fresca, che era altissimissima! Però non era bagnata e neanche fredda, pareva zucchero filato. E infatti lo era! Io affondavo fino a qua e mangiavo, mangiavo, senza usare le mani. Credo proprio che andrò a fare quella vacanza che mi propone papà »."

La famiglia Modemàs ricevette una multa esemplare per aver imbrattato il suolo pubblico, ma almeno Misteriosa non finì al macero.

Si divertì molto quell'anno, in montagna, con gli altri

bambini. Imparò che la neve non sa di zucchero filato, ma di acqua ghiacciata e di metallo, e che la si può usare per costruire qualsiasi cosa. I suoi amici fecero pupazzi di neve e igloo. Lei trovò un legno e intorno a quello modellò una nuvola di zucchero filato. Che sapeva di neve.

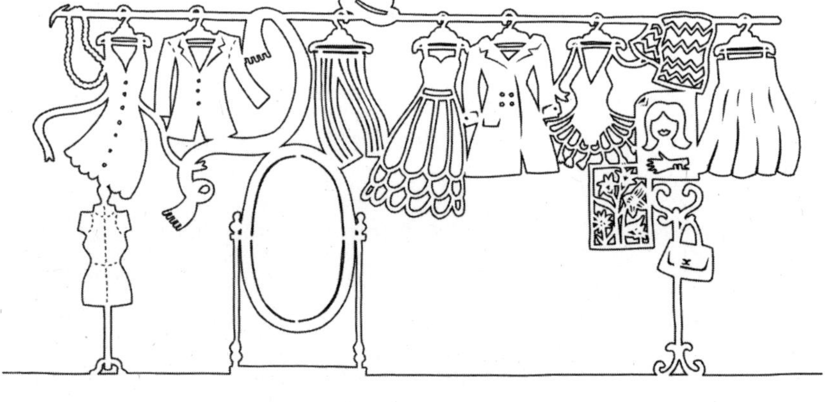

IN VOLO CON CIRPO

« Fermiamoci per favore, sono un po' stanco » sbuffò Bruco tutto sudato, grattando la erre più del solito, come faceva quando era stanco.

« Io là non posso sedermi » sentenziò Mirina indicando il prato dove i ragazzi stavano dirigendosi per riposarsi un momento.

« Allora resta lì e sarai la prima a salutare le mucche » le rispose Mimma.

Mirina si voltò e vide quattro mucche che risalivano la collina e, brucando pigramente, avanzavano lente verso di lei. La ragazzina si mise a correre così veloce che superò il gruppo degli amici e arrivò per prima all'albero dov'erano diretti.

Si fermarono sotto un vecchio melo.

Bruco e Mimma si tolsero gli zaini e si rinfrescarono con l'acqua limpida di una sorgiva, che i contadini avevano incanalato in un tronco cavo e che sversava in una grossa pietra scavata; Olga invece andò ad accarezzare le mucche.

« Bleah! Vomito! Le leccano la mano! » esclamò Mirina disgustata.

« Gli sta dando il sale » spiegò Mimma. « Le mucche sono golose di sale ».

« No, mangiano l'erba ».

« Ma cosa ne sai? Mangiano l'erba e sono golose di sale ».

« Voglio andare a vedere ».

« Vai ».

« No, ho paura, vieni con me, accompagnami ».

Mirina afferrò Mimma per mano e la trascinò fino a fermarsi a un paio di metri da Olga; là arricciò il naso e storse la bocca in una smorfia nauseata.

« Hanno la lingua enorme! Non ti fa schifo? Tutta la saliva che cola… »

« No, la saliva non si sente, hanno la lingua asciutta. E ruvidissima. Fa il solletico » spiegò Olga.

« E se ti morde? »

« Bisogna tenere la mano aperta, così… In modo che non afferrino le dita per sbaglio ».

Timorosa, disgustata e al contempo attratta da quel che vedeva, Mirina avrebbe voluto allungare anche lei la mano verso la bocca della mucca e provare la sensazione che stava provando Olga. Ma le mancò il coraggio.

« Andiamo » disse tirando con sé Mimma ormai rassegnata, tornando verso l'albero.

Si sedettero all'ombra. I ragazzi sull'erba e Mirina sulla felpa di Mimma.

« Perché i vestiti le stavano grandi? » domandò la ragazzina a Olga strappando un filo d'erba e mettendoselo in bocca. Mimma glielo tolse e lo buttò via.

« Qui ci pascolano le pecore e le mucche, e le pecore e le mucche fanno pipì » spiegò.

« Yak! Che schifo! » gridò Mirina sputando. « Che schifo! Che schifo! Puah! Puah! Prenderò la lebbra, mi ammalerò di tifo, mi verrà il colera! »

« Dille perché i vestiti stavano grandi a Misteriosa, per favore » sospirò Mimma rivolgendosi a Olga.

« Nessuno lo sapeva » rispose Olga. «Neanche lei... »

“Perché i vestiti non mi andassero bene era un mistero. Ma alcuni, e fra questi c'erano mia madre e i miei fratelli, avevano notato un fatto curioso: quando ero nei disegni sembrava che mi calzassero a pennello.

Accadeva così in fretta che non fu mai possibile scattare una foto. Bisognava trovarsi nel posto giusto al momento giusto e avere una vista da falco per osservarmi mentre uscivo da dietro il disegno di una foglia di iris per tuffarmi nel lago sottostante, dipinto ad acquerello; o trovarmi mentre attraversavo un'illustrazione camminando, cosa che accadeva di rado, perché di solito correvo da un elemento all'altro di un'immagine in preda a una gioia incontenibile; saltavo di ponte in ponte su un veliero ancorato nelle acque tetre di un porto antico; spronavo il cavallo alato che scalpitava sulla copertina del mio quaderno preferito; cavalcavo il grande cigno che volava sulla copertina di un libro di Pau... Insomma non stavo mai ferma.

Per anni, la signora Modemàs, mia madre, si fece venire gli occhi stanchi a forza di fissare, immobile come una salamandra, le immagini dov'era nascosta la figlia, cioè io, per scoprire il mistero dei vestiti; e se spesso ebbe il dubbio, quello rimase: un dubbio. Ogni volta si levava scuotendo la testa e borbottando: "Mah, mah, mi sembra di sì, ma chi lo sa?".

Come spesso fanno i genitori, aveva preso l'abitudine di misurare noi figli contro lo stipite della porta.

« Mettiti lì contro e stai diritta » mi disse un giorno.

Prese una squadra da disegno, l'appoggiò contro il legno e la fece calare sulla mia testa. Poi con la matita tirò una bella riga e misurò: un metro e ventisei.

« Sarà giusto? » si chiese.

Il medico di famiglia, interpellato, dichiarò che non avevo niente di anormale; crescevo secondo la media, pesavo i chili che dovevo pesare ed ero sana come un pesce.

Si disse dispiaciuto che gli abiti mi stessero grandi, ma precisò che non era materia sua e suggerì alla mamma di consultare una sarta.

La sarta venne, portando molti tessuti con dei bei disegni, alcuni dei quali trovai di grande interesse; e infatti sparii subito dentro a uno di questi per sperimentare il volo in stormo con alcuni uccellini dalle piume colorate che entravano e uscivano da nuvolette rosa tutte uguali e perfette.

« Dove andate? » chiesi a uno di questi.

L'uccello si stupì di trovarsi accanto un esemplare come me, senza ali né becco, che invece di volare sfarfallava sgraziatamente come una rana che precipita. A ogni modo, non rispose e continuò imperterrito il suo viaggio.

« Andate molto lontano? Chi è il capo? È faticoso starvi dietro e quando entro in una nuvola non vedo più niente »

continuavo a parlargli. « Voi come fate a non toccarvi mai l'uno con l'altro? Non vi stancate a volare sempre? »

« Sì, per questo stiamo zitti e risparmiamo il fiato » rispose caustico il pennuto. « Se parlassimo come fai tu non percorreremmo neanche un chilometro! »

« Be', ma scusa, è la prima volta che volo in stormo con degli uccellini, è normale che abbia delle curiosità ».

« Allora parla con Cirpo, lui è quello che ha più fiato di tutti, magari ha voglia di parlare ».

« E qual è Cirpo? » domandai.

« Quello gaio, che vola fischiettando a pancia in su ».

« Ah, va bene, grazie ».

Scoprii che Cirpo non solo era un grande chiacchierone, ma sapeva anche tutto sulle lunghe migrazioni, sulle norme che regolano il volo in stormo, sull'orientamento diurno e notturno, sulla sfericità della Terra, sulle penne remiganti, le più importanti del piumaggio, poiché permettono di volare…

« E io che non le ho come faccio a essere quassù con te? » gli chiesi interessata.

« Perché nella fantasia tutto è possibile, mia cara. Altrimenti che zi saresti venuta a fare? » rispose lui, usando la zeta al posto della ci.

« Ah, certo » dissi io. « Però mi piacerebbe imparare a volare bene come te. Pensi che potrei riuscirci? »

« Possiamo provarzi ».

Cirpo diede un'occhiata alle mie "dotazioni".

« Dunque, vediamo… » rifletté girandomi attorno. « Non hai penne, ti manca la coda e il sedere ti pesa come una

savorra... » Ah, non l'ho detto: Cirpo metteva anche la esse al posto della zeta.

« È grave? » m'interessai.

« Lo sarebbe se fossi sospesa in aria a tremila piedi d'altezza e se fossimo nella realtà, bellina. Allora, che frittata faresti! » Rise moltissimo. « No, no, no, non siamo nella realtà. Siamo in un tessuto di cotonina tinto in filo, non c'è alcun pericolo di cadere. Sai nuotare? »

« Sì ».

« Bene. Allora fossi in te proverei a smettere di battere le sampe, che non serve proprio a niente, e proverei a nuotare come una ranocchia. Sai farlo? »

« Nuotare nell'aria? Posso provarci » dissi. Un po' perplessa allungai le braccia in avanti (le "sampe" come le aveva chiamate Cirpo, le zampe) e le tirai indietro dando nel contempo un energico colpo di gambe.

« Funziona! » esclamai avanzando con molto più stile. « E faccio anche meno fatica ».

« Lo so » rispose Cirpo con piglio orgoglioso.

« E come facevi a saperlo? »

L'uccellino ammiccò sollevando un paio di volte le sopracciglia.

« Quante cose sapete più di noi! » dissi. « E tutti insieme siete bellissimi! Anche se non so bene cosa siete: non somigliate a nessun uccellino che vola fuori dalla mia finestra. Chi vi ha disegnati è molto bravo con la matita, però forse non s'interessa tanto di ornitologia. Può essere? Oh, ma non importa. Descrivimi invece la cosa più bella che hai visto nel cielo ».

Cirpo mi raccontò di tramonti infuocati e di stelle cadenti, di lune abbaglianti, di aurore boreali, di albe rosate e li descrisse come solo chi vola alto sa fare.

Era anche un mago in geografia. Parlava da uccellino e bisognava un po' capirlo, ma non era difficile. Quando diceva, per esempio: "Abbiamo sorvolato le sigsagone biancolatte" intendeva dire che avevano volato oltre le montagne innevate; o quando annunciava che, una volta arrivati, sarebbero planati "sul serpente tutto curve asurro asurro", faceva sapere che sarebbero scesi su un fiume con molte anse e le acque pulite.

Con lui imparai moltissimo. Soprattutto imparai che le lezioni più importanti talvolta arrivano da chi proprio non te lo saresti aspettato.

Non sarei mai uscita da quel tessuto, se mia madre non m'avesse minacciata.

« Misteriosa, torna qui subito o giuro su tuo padre che ti mando in giro in mutande! » gridò.

« Devo andare » dissi, allora, triste al mio nuovo amico. « Non vorrei mai lasciarvi, ma se non torno... »

« Z'è un modo per tenerzi sempre con te » mi informò Cirpo. « E se zi pensi lo conosci anche tu ».

Gli augurai buon viaggio e tornai nella realtà.

La sarta, spazientita, mi fece salire sopra uno sgabello e mi prese le misure, usando il metro e poco garbo.

« Fai qua, fai là... Su, su, bella diritta, tesoro. Non guardare in basso, non piegare le braccia. Tese, tese, cara. Aperte quelle spalle... Non stare gobba, brava così ».

Scrisse molte cifre sul suo taccuino, fece qualche disegno e quando mi domandò quale tessuto avrei preferito...

« Quello! » indicai.

« Quello con gli uccellini colorati? »

« Sì! »

« Ma, amore, è troppo sportivo. Ci vuole qualcosa di più elegante » replicò mia madre.

La sarta promise che avrebbe confezionato una camicia e un abitino "perfettamente su misura della bambina".

Due settimane più tardi un fattorino bussò alla porta. Consegnava, disse, gli abiti finiti, li mandava la sarta: una camicina di popeline color glicine e uno scamiciato di velluto color vinaccia. Furono appesi nell'armadio in attesa di essere indossati in occasioni che richiedessero d'essere "un po' elegantine".

L'occasione venne. Io indossai il completo e ci sparii dentro.

Mia madre ebbe un attacco di riso isterico che durò due giorni. Poi scrisse una letteraccia alla sarta consigliandole di procurarsi un metro che misurasse davvero un metro e con quello di strozzarsi."

« Dopo di che la vita in famiglia riprese come prima, senza né alti né bassi; e mai, la signora Modemàs, si chiese come sarebbero andate le cose se, invece del popeline e del velluto color vinaccia, avesse acquistato il tessuto con gli uccellini che piaceva tanto a Misteriosa » concluse Olga.

LA NATURA DIPINTA

Avevano ripreso a salire, in fila indiana, guardando dove mettevano i piedi: il sentiero era invaso dai massi e dai tronchi portati dai fiumi di fango, che ancora scendevano dalla montagna, creando cascatelle fra le rocce e invadendo la stretta carreggiata.

A mano a mano che salivano, la vista si allungava svelando la contea, che nell'afa di quel giorno d'agosto appariva sempre più come un dipinto a olio: le colline pennellate di verde, rigate da interminabili teorie di filari; i boschi abbozzati di scuro; i rapidi segni delle poche rive incolte; una gocciolatura di rossi per i tetti del villaggio, e spruzzate qua e là le cascine isolate, circondate dai baffi d'oro dei campi di grano, da poco raccolto.

Salendo, l'aria si faceva più fresca e la natura mutava: i prati fioriti, gli orti, le vigne, venivano sostituiti da alberi e arbusti che crescevano in modo spontaneo, una vegetazione via via sempre più selvaggia e intricata.

Anche il cielo mutava. Non era più limpido come quando il gruppo era partito. Sbuffi di nuvole bianche si inseguivano e, turbinando, mostravano il ventre scuro; quando passavano davanti al sole, la temperatura precipitava. I ragazzi non se ne accorgevano, perché camminando si scaldavano; cominciavano a essere stanchi.

Mimma guidava il gruppo e avvisava Mirina, dietro di lei, degli ostacoli e delle pozzanghere. La ragazzina non era pratica e si vedeva: a ogni passo inciampava e si lamentava che le facevano male i piedi.

« Le scarpe che indossi non sono idonee alle passeggiate » le disse Bruco, guardando i sandali della ragazzina, che camminava davanti a lui.

« Gliel'ho detto anch'io che quelle non sono le scarpe giuste, ma le altre erano peggio » aggiunse Mimma scuotendo la testa.

Mirina fece spallucce.

« Per venire qui mamma mi ha dato un paio di ballerine azzurre e gli stivali di gomma per la pioggia » disse.

« Capito? » fece Mimma ironica a Olga e Bruco. Da Olga, soprattutto da lei, Mimma aveva imparato a comprendere la natura e a muoversi in quell'ambiente, ancora in buona parte selvaggio, con rispetto e con gli abiti giusti.

Di solito era Olga a fare strada, perché conosceva piccoli segreti che chiunque altro ignorava.

Sapeva dove un codibugnolo aveva fatto il nido e quando le ovine bianche si sarebbero schiuse; sapeva dove dormivano i caprioli e i tassi facevano la tana; o le bisce o le volpi; trovava sempre la tela di un ragno vespa da mostrare a Bruco: a Mimma facevano paura; sapeva su quali alberi ci si poteva arrampicare fino alla cima, senza cadere, e da lassù ammirare, di notte, le piccole luci della città lontana; distingueva le bacche buone da quelle che facevano venire mal di pancia e sapeva dove crescevano i mirtilli e i lamponi più saporiti.

Aveva scoperto grotte dove un tempo aveva abitato l'uomo e dove sostavano i lupi: ne aveva visto le orme; conosceva passaggi nascosti fra le rocce e sentieri sottili nei boschi fitti, che introducevano a radure soleggiate o a ruderi di antichi siti abitati, o a tombe abbandonate; sapeva riconoscere ogni impronta e traccia lasciata dagli animali e riusciva a dire quanti individui fossero passati e anche da quanto tempo; prevedeva la pioggia e annusava l'odore della nebbia quando il sole splendeva ancora alto nel cielo.

Nella nebbia e nelle notti senza luna, poi, si orientava come un animale selvatico. Bruco diceva che invece di "Olga di carta", come la chiamavano in paese - per via del fatto che era sottile come un foglietto e perché una volta aveva raccontato la storia del lungo viaggio di una bambina fatta di carta - avrebbero dovuto chiamarla "Olga la lupa" o "Olga la lince". Qualcuno la chiamava "Olga la strega".

Chiudeva lei la fila, silenziosa come sempre, quando non raccontava. Era attenta ai rumori, agli odori, ai canti degli uccelli, ai mormorii della montagna.

Spesso si chinava e raccoglieva pigne e legnetti che metteva nello zaino.

Quando si avvicinò al tronco di un albero da cui colavano gocce lucenti e dorate, Mirina la seguì.

« È oro? » le chiese. « Per questo lo guardi? Perché è prezioso? »

« È resina » disse Olga.

Bruco intanto era pensieroso. Rifletteva su quanto aveva raccontato Olga a proposito della bambina con i vestiti grandi. A scuola i bulli lo prendevano in giro perché era buffo, fragile e gentile; perché portava gli occhiali e parlava grattando la erre. Si chiedeva come si sarebbero comportati i terribili fratelli Malan davanti a una ragazzina speciale come Misteriosa.

« Cosa dicevano a scuola a quella ragazzina? » domandò. « La prendevano in giro? »

Olga avrebbe voluto rispondergli, ma Mirina non le dava pace.

« Cosa te ne fai della resina, te la mangi? È buona? Di cosa sa? Posso raccoglierla? Yak, bleah, è appiccicosa! »

« La guardo » le rispose Olga. « È una sostanza che produce l'albero ».

« Perché la produce? »

« Perché ha proprietà curative molto efficaci » spiegò Bruco un po' spazientito, sperando di far tacere un momento quella ragazzina tanto insistente. « Quando la corteccia viene attaccata da un insetto o da un fungo, o si crea un taglio, la resina fuoriesce spontaneamente a tappare il danno, e agisce come antibatterico, antimicrobico e antiparassitario. Soddisfatta? »

« Non ho capito niente » sbuffò Mirina.

« Uh, le more! » esclamò Mimma, fiondandosi su un cespuglio carico di frutti maturi.

« Le more? » si stupì Mirina. « Crescono così? »

« Così come? » fece Mimma.

« All'aperto ».

« E dove ti aspettavi che crescessero, in un cassetto? »

« No, nei supermercati ».

« Auguri! Le more maturano su cespugli pieni di spine, che pungono da maledette, ma... Ahi!... Ne vale la pena... Ahi! »

« Questo è il loro momento di maturazione perfetto! » commentò Bruco con la bocca bluastra, dimenticandosi della domanda che aveva fatto.

Olga se ne riempì le mani e le passò a Mirina.

« Non bisogna lavarle? » chiese la ragazzina.

« Lavale e le rovini! » le rispose Mimma con la bocca piena.

Mirina fissò i frutti neri e gonfi di succo che aveva nelle mani. Cautamente li avvicinò al naso e li annusò.

« Sanno di buono » mormorò. Con prudenza ne mise in bocca uno e masticò. « Uhm... » fece gustandolo a occhi chiusi. In due boccate fece sparire tutte le more che le aveva offerto Olga, e prese a servirsi da sé.

« Ahia! » gridava ogni tanto. Però mangiava, eccome se mangiava! « Sono più buone di quelle che compra la mamma » disse.

« Ma va?! » le rispose Mimma ironica. « Certo che sono più buone, queste sono vere! »

« Più in su ci sono lamponi e mirtilli » li avvertì Olga.

« Aspetta, non c'era anche un fico da queste parti? » ricordò Mimma. « Ci avevi portati tu; faceva i fichi neri, dolci, buonissimi ».

« I fichi sono verdi » intervenne Mirina. « Se sono neri sono marci ».

« Quando mai? I fichi possono essere di tanti colori:

verdi, viola, neri. Sono i miei frutti preferiti » disse Mimma.

« In realtà quelli che pendono dai rami non sono veri e propri frutti » precisò Bruco, mentre Olga faceva strada verso l'albero. « Sono infatti infruttescenze, falsi frutti, o siconi, che contengono al loro interno i veri frutti, che sono quei piccolissimi fruttini zuccherini che sentiamo sotto i denti ».

« Quante ne sai » gli disse Mirina scrollando la mano.

« Si chiamano acheni ».

« Cosa? »

« I fruttini ».

« Ah ».

Il vecchio fico aveva alzato la sua chioma e i frutti erano irraggiungibili da terra.

Mimma e Olga si arrampicarono senza difficoltà e cominciarono a servirsi.

« Lascialo cadere! » disse Mirina a Mimma facendo le mani a coppetta sotto il ramo su cui si trovava l'amica. « Quel non-frutto che hai in mano, lascialo cadere ».

« È maturo, se lo lascio cadere si spiaccica ».

« Ma no, lascialo cadere ».

« Guarda che si spiaccica ».

« Nooo, ti dico di no-ooo… »

Sploach!, fece il fico spappolandosi sui palmi della ragazzina e spruzzandole la faccia di succo rossiccio.

« L'avevo detto io » borbottò Mimma.

« Dobbiamo arrampicarci » spiegò Bruco. « Non sono bravo neanch'io, ma se vogliamo mangiarli non vedo altra soluzione ».

« Io non posso arrampicarmi sugli alberi » gli ricordò Mirina, leccandosi le mani e il mento. « Portameli giù tu ».

« E come faccio a scendere con i fichi in mano? »

« Te li metti in tasca ».

« Oh, certo, grande idea! No, ascolta, dobbiamo salire. Ora ci provo... »

Il giovane affrontò il tronco con poca decisione e due o tre volte ricadde a terra.

Olga, con la bocca piena, gli spiegò a gesti che avrebbe dovuto prendere la rincorsa, poggiare un piede sul tronco, con quello darsi la spinta, aggrapparsi al primo ramo e tirarsi su.

« Non sembra affatto facile » commentò Bruco cercando di prendere le misure. « Allora: piede, spinta, ramo e mi tiro su. Va bene, ci provo. Vado! »

Piede, spinta, ramo e Bruco riuscì ad arrampicarsi. Aveva vicino due fichi. Li staccò, lentamente si accucciò, si sdraiò sul ramo, tese una mano verso il basso e...

« Vieni qui sotto e stenditi più che puoi » disse a Mirina.

La ragazzina si sollevò in punta di piedi, allungò la mano e riuscì ad afferrare il frutto che le tendeva Bruco.

« Ora devi aprirlo come faccio io... » le disse lui.

Imitando i gesti del nuovo amico, Mirina aprì il fico in due e mangiò il suo primo frutto colto dall'albero.

« Sali di più e prendine altri » disse soddisfatta, buttando via la buccia.

« No, scendo » rispose Bruco.

« Perché? »

« Perché i fichi hanno il tronco bello robusto, ma rami

debolissimi. Si spezzano con grande facilità. Loro sono leggere... » indicò le ragazze sopra di lui. « Olga può arrivare fino in cima. Ma ci riesce solo lei ».

In quell'istante Olga spalancò gli occhi, sorrise e indicò un punto poco distante. Mimma seguì il suo dito e spalancò gli occhi a sua volta: un cervo brucava a pochi metri da loro, e forse non era solo.

Senza fiatare, Mimma attirò l'attenzione di Olga e accennando, con secchi gesti del capo, a Mirina, supplicò l'amica di non farne parola: se la ragazzina avesse visto l'imponente animale col grande palco sul capo, sarebbe fuggita gridando e avrebbe spaventato il cervo.

« Cosa c'è? » domandò Bruco accorgendosi degli strani movimenti sull'albero.

« Niente » rispose Mimma.

« Allora perché ind... »

« Non c'è niente, ho detto! »

« Oh, vabbè, credevo... »

« Niente! »

« Va bene, va bene. Andiamo a cercare i mirtilli? »

Prima di andarsene, Olga fece scorta di more e quando trovarono i lamponi e i mirtilli fece scorta anche di quelli.

Mirina assaggiò tutto, frutti neri, frutti rossi, maturi, succosi, dolci, aspri, senza lavarli, colti dalla pianta. E ne andò matta.

Se non che, mentre si puliva le mani strofinandole nell'erba...

« Aaah! » gridò. « Cannibale! » E di nuovo fece la faccia schifata.

LEZIONI DI VITA

I ragazzi si sporsero per vedere cos'avesse visto Mirina e si misero a ridere: due coleotteri dai colori sgargianti amoreggiavano su una foglia.

« Che avete da ridere? Quello sopra si sta mangiando quell'altro! Che schifo! »

I ragazzi scoppiarono di nuovo in una risata generale.

« Mangiando? Mangiando??? Si stanno accoppiando! » esclamò Mimma.

« Cioè? »

« Fanno i bambini! »

« I bambini? »

« Non i bambini veri, i *loro* bambini ».

« Che significa? » Mirina non capiva.

« Si accoppiano per procreare » provò a spiegarle Bruco.

« Che significa porcherare? »

« Procreare! Significa… »

« Ma insomma, non sai come nascono i bambini? » domandò Mimma stupita.

« Certo che lo so! » rispose Mirina irritata.

E non aggiunse altro.

Olga, allora, le prese delicatamente la mano e le chiese di abbassarsi.

Con un dito le indicò un grappolo di minuscole uova dorate, raggruppate su una foglia. Erano ovine piccolissime.

« Sono uova di coccinella » spiegò. « Le ha deposte la femmina dopo che si è accoppiata con il maschio. Lei aveva già le uova nella pancia, ma non avevano vita dentro. Il maschio ha messo la vita nelle uova e da quelle nasceranno delle nuove coccinelle. Questo significa procreare ».

« Aaah » fece Mirina quasi capendo. Allungò un dito per toccare il minuscolo grappolo, ma Mimma la fermò.

« Se le tocchi si rompono. Sono delicate, vero? »

Olga annuì. Subito dopo pose sul dorso della mano della bambina una coccinella adulta.

« Ah, mi punge! » gridò Mirina facendo cadere l'insetto grazioso.

Olga lo raccolse di nuovo.

« Le coccinelle non hanno pungiglione, loro non pungono. Potrebbe essere la mamma delle ovine. La porto un po' più in là, perché se torna dove le ha deposte potrebbe non ricordarsi che sono le sue e mangiarsele ».

« A-ah! Visto che avevo ragione? Sono dei cannibali! » esclamò Mirina. « Non ti fa male? »

Olga fece di no con la testa.

La bambina allora accostò la sua mano a quella di Olga.

« Me la passi? » chiese. « Dove la porto? »

« Dove vuoi ».

« Perché si mangia i suoi piccoli? Non le dispiace, non le fanno pena? »

« Non è un mammifero, come noi » spiegò Bruco. « È un insetto e gli insetti non si occupano dei loro piccoli ».

« Io sono un mammifero? » chiese Mirina.

« Sì ».

« Cos'è un mammifero? »

« È chi beve il latte dalla mamma ».

« E chi prende il biberon? »

« Se dentro c'è il latte, è un mammifero. Mammiferi sono tutti quegli animali che non depongono le uova, ma fanno i piccoli, che poi le femmine nutrono con il loro latte. Anche le balene sono mammiferi, mammiferi marini; mentre i pipistrelli sono mammiferi volanti e sono gli unici... »

« Oh, la coccinella è volata via! » gridò Mirina. « Non ho più voglia di camminare! »

« Perché? » le chiese Mimma.

« Perché mi fanno male i piedi ».

« Ma se fino a un secondo fa... »

« Buh! » fece una figura uscendo con un balzo dai cespugli.

« Aaah! » gridarono i ragazzi.

Bruco indietreggiò e cadde col sedere per terra.

« Sei fuori di testa? » urlò Mimma al nuovo venuto. « A momenti ci fai morire di paura! Non ti riesce di salutare come fanno le persone normali? »

« Sono felice anch'io di rivederti, stellina » le disse il giovane spettinandole i capelli.

Bruco lo salutò con un gesto della mano, mentre questo

lo aiutava a rialzarsi. Olga avvampò e Mirina ritrovò di colpo il buon umore. Almaris Grampet, detto Ari, era bello, disinvolto e con il sorriso da canaglia.

In paese lo chiamavano Ari il rissoso, perché faceva spesso a botte. Come aveva detto Bruco, era un ribelle, un sognatore allergico alle regole, ma aveva il cuore buono; amava la libertà e aveva una cotta per Olga. E lei lo sapeva.

« Ao » gli disse Mirina stregata. Lo guardava con occhi adoranti, le labbra sollevate in un sorriso di cera, le mani attorcigliate, le ginocchia che dondolavano imponendo un movimento ciondolante a tutto l'insieme.

« Ao a te » le rispose Almaris. « Tu sei? »

« Iina ».

« Ciao, Iina ».

« Si chiama Mirina, non Iina! » intervenne Mimma. « È una mia amica. Tu com'è che sei qui? Non è un posto dove "si passa" ».

« Ho saputo che stavate salendo e vi ho raggiunti. Sei felice, Mimmina? »

Mimma alzò le spalle.

« Allora, che fate? Salite alla malga o scendete? »

« Aiamo » rispose Mirina, col sorriso congelato sulla faccia. Gli altri si voltarono a guardarla.

« Saliamo? » le fece Mimma. « Ma non ti fanno male i piedi? »

« Nnno ».

« Guarda che da qui in avanti diventa ancora più ripida e a salire ci va ancora un'oretta buona, di sassi e di fango. Pensaci bene! »

« Sssì » disse Mirina.

« Sì cosa? »

« Lo ssso ».

« E vuoi che saliamo lo stesso? »

« Sssì! »

« Con quelle scarpe? Guarda che non ti portiamo in braccio fin lassù! »

« E lasciala stare, Mimma. Se vuole salire! È vero che vuoi salire? » disse Ari.

« Sssì » rispose Mirina.

« Bene, allora si va ».

Si rimisero in marcia.

« Allora, di che stavate parlando? » chiese Almaris.

« Mah, di niente » rispose Bruco, che delle storie di Olga era un po' geloso.

« No, non è vero, parlavamo di Misteriosa » rivelò Mirina. « E tu volevi sapere cosa le dicevano a scuola ».

« Allora, cosa dicevano a scuola alla bambina con i vestiti grandi? » domandò Ari.

Mimma scrollò il capo e alzò gli occhi al cielo: era tipico di quel ragazzo fare finta di non sapere niente quando sapeva tutto, ed era anche tipico che ascoltasse di nascosto le storie di Olga.

« Be', i suoi insegnanti ogni tanto si lamentavano » rispose Olga.

« Perché? »

« Per i vestiti. E non solo... »

« Questa bimba è evanescente! » dicevano ai suoi genitori. « Sembra qui e invece è altrove! »

« Con la testa? » s'interessavano preoccupati il signore e la signora Modemàs.

« Con la testa e a volte, lasciatemelo dire, anche con tutto il resto! »

« Ci dispiace ».

« Dispiace sì! Perché è bimbetta intelligente. Avrebbe un gran potenziale, ma, santo cielo, è complicata ».

« Non sa le cose? »

« Per saperle le sa, ma a modo suo » protestò una volta la professoressa di scienze.

Padre e madre si guardarono confusi.

« Ci farebbe un esempio? Per capire… »

« Pronti! » rispose l'insegnante, che sembrava non aspettare altro. « Ieri mattina le chiedo: "Misteriosa, conosci il nome di almeno un animale notturno?" E lei: "Sì". E io: "Me lo diresti?" "Ursido spinosissimo" mi risponde serafica ».

« Ursido spinosissimo? »

« Sì, sì, ma aspettate! Le chiedo: "Cos'è?" E lei: "È un drago notturno dal dorso spinato". Le dico: "Non esiste". E lei: "Io l'ho visto: si nutre di lucciole, pipistrelli, civette e ghiri". E così, invece di uno, mi cita quattro animali notturni ».

« Più il coso, là, l'ursido… »

« Più l'ursido spinosissimo ».

« Che non esiste ».

« Che non esiste ».

« Però, come ha detto lei, le cose le sa » azzardò la madre.

« Signora mia, sì, le cose le sa, anche meglio degli altri, ma ha un'idea di quanti "Ursidi spinosi" mi devo ingoiare, io, ogni

volta che la interrogo? È uno slalom fra animali fantastici, mostri alieni, supereroi, bucanieri, dinosauri, fate, streghe... E la storia! »

« La storia? Che fa con la storia? »

« La collega dice e si lamenta che Misteriosa si vanti di conoscere nomi, cognomi, vizi e virtù di... »

« Dei personaggi storici? » sperò il signor Modemàs.

« Sì, magari! » fece la professoressa. « Dei vicini di casa dei personaggi storici! Di quelli di cui a nessuno importa nulla e di cui nessuno sa nulla! Ad ascoltarla ci sarebbe da credere che vostra figlia vada a pranzo tutti i giorni con fabbri e maniscalchi, nocchieri e marinai di tre secoli fa. E Dio solo sa con chi altro ».

« È che, vede, abbiamo due quadri in casa, che le piacciono moltis... »

« Non me lo dica, non voglio saperlo! »

« Ma quanti anni aveva, Misteriosa, quando succedeva questo? » chiese Bruco.

« Era in terza elementare » rispose Olga.

« E riguardo ai vestiti cosa le dicevano? »

« Be', certi professori si lamentavano ».

« Perché le stavano grandi? Non era mica colpa sua ».

« No, però aveva lanciato la moda... »

UN SALTO AL MUSEO

Gli abiti e le scarpe di Misteriosa, così larghi, abbondanti, per non dire smisurati, avevano fatto presa su alcuni ragazzi della scuola, che avevano cominciato a vestirsi come lei, con le maniche penzoloni, calpestandosi il fondo dei pantaloni, sciabattando con scarpe di due misure più grandi.

Anche le amiche di Misteriosa, per un po', s'erano vestite così. Poi, trovandolo tremendamente scomodo avevano abbandonato le taglie grandi per vestire abiti a misura. Si chiamavano Piccola e Dura...

"Dura è la mia migliore amica e vorrei averla sempre vicina, perché quando c'è lei nulla di male può succedere. È forte, leale, generosa, ottimista, con la testa sulle spalle e i piedi ancorati a terra. Da bambina non credeva nelle favole e detestava ascoltarle; odiava le fate e schifava le principesse, alle quali preferiva di gran lunga le esploratrici della storia; di viaggi e di scoperte, di quello le piaceva ascoltare.

Non eravamo nella stessa classe, ma a scuola ci andavamo

insieme. Passavo a prenderla alle otto e lungo il tragitto mi scaldavo al fuoco della sua inesauribile energia e mi sentivo protetta dalla sua forza. L'accompagnavo fino alla porta della sua classe, che incontravamo prima della mia, e quando lei entrava io mi sentivo profondamente sola e disperata. Come un naufrago in mezzo al mare, annaspavo fino alla mia aula sperando, nel frattempo, di diventare trasparente, di svanire nel nulla, di evaporare. Dura era la mia isola.

Piccola era l'esatto opposto, ma le volevo bene.

Lei era romantica e tanto fantasiosa da far credere d'essere fatta della stessa materia delle nuvole. Vedeva esserini magici in ogni riverbero e scintillio; la sua testa era così spesso per aria, che una volta quando a suo fratello minore sfuggì di mano un palloncino, i genitori per consolarlo e farlo ridere gli dissero: "Chiedi a Piccola di riportartelo giù".

A undici anni faticava a distinguere la realtà dalla fantasia e da certe cose che diceva mi faceva sorgere il dubbio che anche lei saltasse nei disegni, come me; ma poiché era vietato farlo, non ne parlavamo mai. Dai sei anni in su chi era colto a far voli di fantasia dentro a un disegno veniva bocciato, anche se aveva la media del nove, e i recidivi rischiavano l'espulsione.

Io stavo attenta, ero prudente, ma una volta ero stata beccata dalla Preside e se non ero stata bocciata lo dovevo a mio padre e ai miei fratelli, gran benefattori, che ogni anno si facevano carico del restauro della scuola (nel senso che passavano un mese d'estate a imbiancare, aggiustare rubinetti gocciolanti e sistemare finestre sbilenche, purché io non fossi cacciata).”

« Pensa quella in una pinacoteca » commentò Bruco soprappensiero.

« Cos'è quel posto che hai detto? » chiese Mirina.

« La pinacoteca? È dove coltivano i pini, non lo sapevi? » le rispose Ari.

Mimma non disse niente perché neanche lei sapeva cosa fosse una pinacoteca.

« È dove conservano ed espongono le opere di pittura » spiegò Bruco.

« Cosa sono le opere di pittura? » domandò di nuovo Mirina.

« Be', i quadri, per esempio, e anche i dipinti su ceramica o sul legno… »

« Un museo! » fece Mimma.

« Più o meno. Solo che in un museo ci sono anche altre cose. Invece in una pinacoteca… »

« Ci sono solo i dipinti » concluse Mirina. « Ci andò mai in una pilacontenta? » chiese poi rivolta a Olga.

« Andò in un museo ».

« E…? » incalzò Bruco.

« Frequentava la prima media ».

« E…? »

« Per lei fu come entrare in un parco giochi… »

"Quando l'insegnante di educazione artistica ci annunciò che avremmo visitato il Museo civico, l'intera classe storse il naso. Consideravamo già noiose le fotografie sul libro, senza dover ascoltare anche lunghe spiegazioni in piedi davanti a un vecchio vaso sbeccato in un museo mezzo ammuffito.

Partimmo in due classi e a metà mattina una marmaglia vociante e rumorosa varcò le porte del Museo cittadino.

Io fui immediatamente catturata da un gigantesco quadro che campeggiava in entrata: una battaglia navale su di un mare in tempesta.

« All'arrembaggio! » mormorai senza accorgermene.

Un istante dopo osservavo la battaglia da dietro un barile di sardine, sul castello di poppa del veliero che, nel dipinto, sembrava avere la peggio. Palle di cannone volavano da un bordo all'altro scavando gli scafi; fuochi e fiamme si levavano dai ponti sfondati; alberi e vele precipitavano sui marinai, in un epico groviglio di sartie e di legni.

"Aaaah!" si udiva gridare. "Muoiooo".

"Fantastico!" pensai sbirciando la scena da sopra il maglione, emozionata di trovarmi al centro dell'azione. Una palla infuocata mi sfiorò e mi spinse a raggomitolarmi sotto una vela bruciacchiata.

« Aiuto! » sentii gridare in quel momento. Qualcuno s'agitava vicino a me.

Camminando carponi sotto il tessuto, raggiunsi il tizio: era in completo blu e valigetta ventiquattrore e cercava di venire a capo del pesante lenzuolo di canapa che ci ricopriva entrambi. Era in evidente stato di panico.”

« Misteriosa spalancò gli occhi come avesse visto un fantasma ».

« Perché? » chiese Mirina.

« Perché, nascondersi nei disegni era vietato ai bambini,

figuriamoci agli adulti. Quelli colti a fantasticare d'essere qualcun altro in un luogo che esisteva solo sulla carta, o sulla tela, erano considerati dei pazzi. Persino pericolosi! Secondo Misteriosa, però, quel tizio non sembrava pericoloso... »

"*Mi avvicinai.*

« Posso aiutarla? » gli chiesi.

Sembrava disperato.

« Come si esce da questo coso? Portami fuori di qui! » ansimava.

Allungai il braccio per tirare fuori la mano dalla manica e gli feci cenno di seguirmi. Lui si mise tra i denti il manico della valigetta e a passettini veloci, in ginocchio, mi seguì.

« Grazie » disse appena sgusciammo fuori dalla vela, rimettendosi in piedi e allargandosi il nodo alla cravatta. Era rosso e tutto sudato.

« Soffro di claustrofobia » mi spiegò ritrovando il sorriso. « Là sotto mi pareva di impazzire ».

« Ah » risposi.

« Le grandi battaglie non mi spaventano, mi terrorizzano invece i luoghi chiusi e le riunioni del lunedì. Quelle, sì, sono letali! » L'uomo mi fece l'occhiolino immaginando che sapessi di cosa stesse parlando. « Vengo spesso qui, ho una passione per i velieri antichi. Li progetto e li costruisco da me ».

Annuii per complimentarmi.

« Vengo a vederli dal vivo per imparare i particolari che poi replico in miniatura sui miei modelli » continuò lui. « Se

posso resto fino a un attimo prima dell'affondamento. Conosci la storia di questa battaglia?»

« No, no, io non... »

« Oh, fu epica! E... » Una palla di cannone piombò a un millimetro dai nostri piedi, sfasciò il pavimento e concluse la sua corsa devastante con un clamoroso Splosh!

« Credo che ci siamo, fra poco affonderà » disse il tizio sbirciando l'orologio. « E io, purtroppo, ho da fare in istituto. La terribile riunione mi attende. Alla fine bisogna pur che faccia il mio dovere ». Strizzò di nuovo l'occhio e, tendendomi la mano, mi ringraziò. « È stato un vero piacere, ti sono debitore. Spero non dirai niente a nessuno ».

Scossi la testa. Lui s'abbassò per evitare una pallottola, s'aggiustò di nuovo la cravatta, si lisciò i capelli e con un salto tornò nella realtà.

Anni dopo lo riconobbi in una foto: aveva vinto il Nobel per la fisica.

« Per di qua, ragazzi, seguitemi e non perdetevi » disse il professor Giubilo iniziando la visita al Museo.

« Dov'eri finita? Ero preoccupata » mi disse Dura.

« Ho scoperto una cosa » le risposi sottovoce.

« Ah, sì? Che cosa? »

« Se ti invitano a una riunione del lunedì, tu non andarci mai! »”

« Che tipo era il professore Giubilo? » chiese Bruco.

« Un tipo simpatico, a quanto sembra, il migliore di tutti » spiegò Olga...

"Aveva il senso dell'umorismo, gli piaceva scherzare con noi alunni e dava retta a ognuno, ma retta sul serio. Era interessato a quello che avevamo da dire, e se era una sciocchezza rispondeva con una risata o faceva una battuta. Non si arrabbiava mai e in fondo non ne aveva ragione, perché con lui ci comportavamo bene; ci sentivamo considerati e d'istinto lo rispettavamo.

Prima di procedere con la visita al Museo si fermò per farci le solite raccomandazioni.

« Chi deve andare in bagno lo faccia subito, per favore. C'è qualcuno che ha sonno, è stanco... Tu? Be', tirati su, bevi un po' d'acqua e fatti coraggio. Riposerai al ritorno in autobus. Ora, dove sono i ragazzi che si sono portati il pranzo al sacco? Avevo avvisato che avremmo mangiato tornati a scuola, ve lo ricordate? Perciò, mi dispiace, ma non ci fermeremo a fare un picnic nel Museo. Se avete fame, mangiate camminando. I distratti mi stiano vicino. Chi ho dimenticato? Oh, dov'è Misteriosa? »

« Sono qui! » risposi.

« Come hai detto, cara? »

« Sono qui, professore! »

« Come? »

Abbassai il collo del maglione e tirai fuori la bocca.

« Ho detto che sono qui! »

« Oh, sì, sì, sì, scusa ».

A molti dei miei compagni lo stile dei dipinti esposti in quel luogo non piaceva, lo trovavano cupo, severo. Io, invece, ero entusiasta. La maggior parte erano paesaggi suggestivi e segreti. Foreste tenebrose, brughiere selvagge, picchi innevati, angoli celati, dune, coste ventose... Tutti promettevano avventure ardite e sensazioni vibranti; si percepivano angoli inediti da scoprire scostando un ramo, una foglia di felce, girando l'angolo ruvido di un muro scrostato, attraversando un ponte appena abbozzato.

Che fatica facevo a resistere al richiamo di quei paesaggi. Senza pensarci mi avvicinai a un quadro e, come ipnotizzata, sfilai una scarpa; stavo per togliere anche l'altra quando...

« Sono certo che la prossima sezione vi piacerà ancora di più » disse il professore proseguendo il percorso. Mi ripresi e lo seguii.

« Sono già stufa » sbuffò Dura.

La nuova stanza dove ci portò era molto diversa dalle precedenti: più luminosa, più allegra; i quadri esposti presentavano uno stile giocoso e infantile.

Piccola esplose in un "Oooh" di meraviglia, mentre io, non vista, sparivo fra i puntini colorati deposti sulla tela dal precisissimo pennello di un famoso esponente del puntinismo."

UN PUNTO NELL'UNIVERSO

« Ho male ai piedi! » disse Mirina fermandosi.

« Lo sapevo! » esplose Mimma.

« Ci fermiamo alle vasche? » suggerì Bruco.

I compagni annuirono.

« Quando arriviamo alle vasche? Voglio fare il bagno! Voglio tuffarmi! » disse Mirina riprendendo a camminare.

I ragazzi cercarono di farle capire che nelle vasche non ci si poteva tuffare, perché erano dei bacini per la raccolta dell'acqua.

« Potrai solo lavarti i piedi sotto l'acqua fresca, se vuoi, c'è una fontanella » le spiegò Bruco. Mirina si fermò delusa.

« Non ce la faccio a camminare fin là » disse.

Ari e Bruco la presero sotto braccio e l'aiutarono a proseguire.

« Oh, meno male, siamo arrivati » sbuffarono entrambi quando furono in vista dei bacini.

« Dov'è l'entrata? » chiese Mirina accostandosi alle reti metalliche che circondavano due piccoli laghi artificiali.

« Che entrata? » chiese Mimma.

« Alle piscine! »

« Non sono piscine! Te l'abbiamo detto cento volte! Sono vasche di raccolta per le irrigazioni. Non puoi farci il bagno! »

« Eh, ma che noia! Cosa ci fate voi con l'acqua? Che ci stiamo a fare qui? »

« Facciamo una tappa per farti riposare » le rispose Mimma, sempre più spazientita. « Vedi là, quel bel tavolo di legno con le panche? Ci sediamo, tu ti togli quei sandali, ti lavi i piedi e ci riposiamo un po' all'ombra. Poi torniamo a casa ».

« Come "torniamo a casa"? » fece Bruco. « Siamo a tre quarti del percorso! Per arrivare fin qui abbiamo coperto cinque chilometri e venticinque metri. Per arrivare alla malga ne mancano ancora uno virgola novantatré. E tu vuoi tornare indietro? »

« Be', non vorrai proseguire con lei che non cammina? »

« Dove me li lavo i piedi? » chiese la ragazzina.

« Vicino al cartello che indica il sentiero c'è la fontanella ».

Mirina sciabattò con i sandali fino alla fontanella e si sciacquò i piedi; poi sciabattando tornò al tavolo da picnic, che i cittadini di Balicò avevano voluto in quel punto. La salita alla malga, dalla quale si godeva una magnifica vista sulla valle sottostante e sul Noce, il fiume che la chiatta di Barcabroncio traversava ogni giorno, era irta e faticosa e una sosta a metà strada permetteva anche ai più anziani e deboli di gambe di arrivare fino in cima.

« Ho sete! » disse Mirina crollando sulla panca. Bruco

aveva già tirato fuori dallo zaino l'aranciata e cinque bicchieri di carta.

Almaris scavalcò lo schienale della panca e si strizzò tra Bruco e Mimma per stare davanti a Olga.

« Che è il puntinismo? » le chiese, tamburellando con le mani sul tavolo.

"« *Il puntinismo, ragazzi » ci spiegò il professore, « è un movimento pittorico che si caratterizza per i colori che, come potete notare avvicinandovi a questo quadro, si scompongono in puntini... »*

Io galleggiavo a pancia in su muovendo appena le mani per tenermi a galla.

Saltando tra la cornice e la tela, ero entrata nel dipinto e m'ero tuffata in un oceano di puntini colorati. Ero anch'io un puntino, verde, il mio maglione era verde, in mezzo a migliaia di puntini color acquamarina, che in realtà non erano intesi a illustrare un mare, bensì un cappello, il cappello di una dama. Guardando il quadro da distanza lo si capiva bene: puntini di diverso colore illustravano una dama in crinoline a passeggio in un prato fiorito col suo cane e una capretta, in una giornata assolata.

Ma da dentro, dall'interno, non vedevo che onde di colori.

Attraversando la zona acquamarina arrivai al confine con la zona madreperla, ed entrai; nuotando sentivo scorrere le minuscole perle cangianti sul collo, sulle braccia, lungo le spalle, mi rotolavano sulla schiena procurando una soffice carezza (nell'intento del pittore coloravano il pizzo del colletto del vestito della dama); m'immersi e riemersi in una macchia color corallo (la rosa che decorava la cintura dell'abito).

La macchia confinava con una zona color ardesia dove preferii non andare. Virai invece verso un vortice di puntini di molti colori diversi (i fiori del prato).

Compivo movimenti lenti, delicati, per non dare nell'occhio e non rovinare il dipinto. Quando mi accorsi che Piccola, davanti al quadro, mi fissava.

'Mi starà vedendo?' mi chiesi.

Bisogna avere una vista fine e l'occhio allenato per notare qualcuno dentro a un disegno, o essere genitori attenti di un bambino "che salta". Pochi ne sono capaci. E su questo contavo, rassicurata dal fatto che Piccola non guardava solo me. Osservava l'intero dipinto con attenzione, come desiderasse apprenderne la tecnica complessa. Contava i puntini, li studiava da vicino e da lontano, inclinando il capo da un lato e dall'altro.

Dopo dieci minuti...

« Seguitemi, ragazzi, proseguiamo la visita » disse il professore.

Dovevo uscire, ma Piccola continuava a fissare il quadro.

'Girati e vattene!' dissi dentro di me. 'Vai, vai, vai!'

Finalmente si mosse.

« Vieni, andiamo » la chiamò Dura. « Dov'è Misteriosa? »

« Non lo so » rispose lei raggiungendola.

Attesi ancora qualche istante e lentamente mi avviai verso la cornice. Quando fui certa che nessuno guardasse, con un salto tornai nella realtà.

Me la trovai davanti, con gli occhi e la bocca da pesce, che mi fissava.

« Piccola! » esclamai.

« Sei uscita dal quadro » disse lei con un filo di voce.

« Io? »

« Sì, ti ho vista ».

Scossi la testa.

« Ti ho vista! » ripeté lei.

Finsi di ridere.

« Mi ero nascosta dietro, per farvi uno scherzo » dissi.

« Non è vero, eri nel quadro! »

« E va bene, ero dentro » ammisi. « Lo dirai al professore? »

« No… »

« Grazie ».

« …Se m'insegnerai come si fa ».

« Non posso, è vietato ».

« Però tu lo hai fatto ».

« Sì, ma non avrei dovuto ».

« Però lo hai fatto! »

« Va bene, ma… »

« È divertente? Cosa si prova? »

« Niente » dissi.

« Non è vero. Voglio sapere cosa si prova ».

« È come essere in un sogno » spiegai, avviandomi per raggiungere gli altri. « Solo che non è un sogno ».

« È più bello o più brutto? »

« Più bello ».

« Perché? »

« Perché decidi tu dove vuoi essere, cosa vuoi essere e quando finisce ».

« E tu chi eri in quel quadro? »

Mi arresi e le sorrisi.

« Ero una sirena che nuotava in un mare di colori » risposi felice.

« Beeellooo » esclamò lei estasiata."

« Non ho capito come si fa a entrare nei quadri » disse Mirina.

Dalle espressioni, Olga intuì che nessuno dei ragazzi aveva capito.

« Si passa dall'entrata » spiegò, « per entrare, e dall'uscita per uscire ».

« Non è per niente chiaro » brontolò Mirina. « Parli come se ci fossero delle porte ».

« Ci sono ».

« Davvero? Dove? »

« Bisogna cercarle. Anzi, a dirla per bene, non bisognerebbe mai perderle di vista. Sono esattamente tra la realtà e la fantasia. Misteriosa le trovava sempre. Si rifugiava nella fantasia quando voleva prendersi una pausa dalla realtà, ma aveva sempre ben chiaro il confine fra l'una e l'altra ».

« E tu le sapresti trovare? » chiese Mirina corrugando la fronte; Bruco arricciò il naso, mentre Mimma storceva la bocca e Ari si grattava un orecchio.

« Lei? » rise Almaris ironico. « Scommetto che entra ed esce dai quadri come noi entriamo e usciamo da scuola! »

« Lo fai davvero? » esclamò Mirina. « Come ci riesci? Hai una tecnica? Me la insegni? »

Olga fece una faccia buffa e non rispose.

« Io non sono in contatto con il mio lato fantasioso » disse Bruco in quel momento, « dev'essere un problema genetico. Potrei averlo ereditato da mio padre come gene recessivo, mentre da mia madre devo aver ereditato il gene dominante dell'ansia e questo spiegherebbe perché, davanti a un quadro, il mio primo pensiero è: sarà appeso a un chiodo proporzionato al suo peso? »

Mimma non disse niente, perché sotto sotto la pensava come Dura: la realtà era meglio della fantasia e le storie di Olga lo dimostravano.

« Cosa disse Dura a quelle due quando tornarono? » chiese.

« Niente. Almeno così scrive Misteriosa nel suo diario… »

“ *Dura seguiva la classe come un automa, poco interessata a quello che vedeva e senza ascoltare il professore. Era così annoiata e distratta che non s'accorse quando sventolai la manica per salutare un affresco; e quando tirai fuori la bocca dal collo del maglione per accennare un sorriso a una vecchia stampa che rimandava immagini di una vita agreste che non esisteva più; o quando feci l'occhiolino al ritratto a olio di alcuni bambini che giocavano sulla riva di un mare sconosciuto; né quando chinai il capo in segno di saluto passando accanto a una natura morta e sogghignai davanti a una rappresentazione tragica della morte.*

Dura rimase assente finché, verso la fine della visita, entrammo in una grande stanza rivestita di legno. Odorava di bosco e di miele.

Dalle pareti pendevano immense carte geografiche, molto antiche; tre mappamondi di legno massiccio, alti quasi quanto un uomo, occupavano il centro della sala. Le tonalità calde delle mappe, i fasci dei fari che le illuminavano, lasciando in semioscurità il resto della stanza, rendevano quel luogo intimo e suggestivo.

« Ci troviamo nella sezione dedicata alle grandi esplorazioni » spiegò il professore.

A quel punto Dura aprì le orecchie e spalancò gli occhi. Ve l'ho detto che amava le storie di viaggio e di viaggiatori? Era pronta ad ascoltare ogni singola parola e a prendere appunti se ce ne fosse stato bisogno. Se non che, un rumore disturbò la sua attenzione e attirò la mia. Veniva dal mappamondo più grande, dietro di noi, un globo terracqueo color pelo di cammello, verde clorofilla e blu laguna, che ruotava lentamente senza che nessuno l'avesse toccato.

Ci mettemmo a fissarlo incuriosite. Il mappamondo fece due giri su se stesso e di colpo si fermò. Poco dopo, da dietro, spuntò un ragazzo.

« Ciao » ci disse. « Come va? »

« Bene » rispose Dura. Non riuscivamo a smettere di guardarlo: era bellissimo. E imbarazzato. Con un sorriso goffo ci salutò e si avviò verso l'uscita.

« Bei vestiti » mi disse passandomi accanto.

La visita si concluse così.

« Spero vi sia piaciuta » disse il professor Giubilo radunando noi studenti nell'atrio. Siccome alcuni mancavano, ci chiese di aspettare e di non muoverci intanto che lui cercava i dispersi.”

« E li trovò? » chiese Mimma.

« Sì. Tre s'erano fermati a mangiare, uno dormiva su una panca e due avevano seguito un altro gruppo » spiegò Olga.

« E il ragazzo bellissimo? »

« Misteriosa lo incontrò di nuovo, ma non quel giorno ».

“ *Mentre aspettavamo che il professore tornasse, Dura mi vide fare ciao ciao con la manica del maglione ad alcuni perfetti sconosciuti che lasciavano il Museo sorridenti. Erano un muratore con la borsa degli attrezzi, un signore anziano che camminava poggiandosi a un bastone, una mamma col pancione, un sacerdote, una signora elegantissima in tailleur e valigetta portadocumenti, una musicista col violino…*

« Li conosci? »

« No » risposi.

« Allora perché li saluti? »

« Perché li ho visti prima ».

« Dove? »

« Qui e là… »

Uscendo salutai anche il guardiano che stava dietro la guardiola e lui mi fece l'occhiolino.”

LA TEMPESTA

Un sinistro rimbombo interruppe il racconto di Olga.

« Era un tuono? » chiese Mimma.

« Sembrava » rispose Almaris.

« Ma se c'è il sole! » esclamò Mirina.

« Laggiù si appropinquano nuvole basse a elevato sviluppo verticale » disse Bruco facendo vibrare forte la erre, perché così faceva quando sentiva odore di guai. « Il che potrebbe far prevedere eventi climatici potenzialmente devastanti ».

« Scusa? » fece Mimma.

« Si tratta dei famigerati cumulonembi » spiegò il ragazzino. « Il loro nome deriva dal latino *nimbus*, che significa tempesta, e questo già di per sé fornisce un'idea piuttosto precisa delle possibili evoluzioni del meteo.

« Il loro ammasso compatto e di color grigio scuro si forma al principio di fenomeni meteorologici che possono arrivare a essere altamente distruttivi, oppure limitarsi a precipitazioni consistenti, come temporali, tempeste di fulmini e grandine ».

« Distruttivi? » ripeté Mimma. « Tipo? Fai un esempio ».

« Un tornado ».

« Cos'è un tornando? » chiese Mirina.

« Un tornado, altresì chiamato turbine o tromba d'aria, è un violento vortice d'aria che si origina alla base di un cumulonembo ».

« Sarà meglio tornare a casa » disse Mimma.

Un vento improvviso fece volare via il cappello a Mirina e a Bruco e sollevò un polverone.

Mirina tossì.

« Ho la bocca piena di terra! »

« Non si vede più niente! » urlò Mimma.

Bruco cercò di riprendere i cappelli, ma le forti raffiche lo spingevano indietro.

In un istante il cielo divenne nero-violaceo, un lampo squarciò l'orizzonte e cominciò a piovere acqua pesante.

« Dobbiamo ripararci! » gridò Almaris.

« Sì, ma dove? » gli rispose Bruco gridando a sua volta.

« Dobbiamo raggiungere la malga! »

« No, no, dobbiamo scendere! » gridò Mimma.

« Scendendo saremmo esposti e siamo troppo distanti dal villaggio. Alla malga dovrebbe mancare poco ».

Mimma si volse verso Olga sperando in una soluzione migliore. E non si sbagliò. Correndo piegata in avanti, la ragazzina fece segno agli altri di seguirla.

In ginocchio percorse un ponticello che traversava un torrente. L'acqua sotto ribolliva come un mare in tempesta.

« Mettiti in ginocchio! » gridò Mimma a Mirina. « Presto! Fai presto! »

« Perché? »

« Perché così non scivoli e i lampi non ti vedono e non ti colpiscono! »

« Ma mi fanno male le ginocchia a camminarci sopra! »

« Giù! »

Sotto una pioggia torrenziale, che inzuppava i capelli e colava lungo i visi, i cinque ragazzini percorsero carponi il ponte, seguendo Olga, che poco dopo, di nuovo in piedi, corse a ripararsi dietro a grandi massi addossati alla montagna.

I suoi amici pensarono che volesse nascondersi lì e si chiesero se ci sarebbero stati tutti; ma quando arrivarono alle rocce di Olga non c'era traccia.

« Di qui! » sentirono chiamare dal ventre della montagna.

« Di qui dove? » gridò Mimma.

« Dovete appiattirvi e scivolare tra i massi e la parete ».

« La fa facile, lei! » brontolò Mimma.

Piano, per non graffiarsi, tenendo dentro le pance per essere più sottili e le braccia alzate, uno alla volta s'intrufolarono e trovarono il passaggio: un cunicolo così stretto e ben nascosto che solo una volpe, un tasso, un serpente o Olga potevano conoscerlo. Mimma per prima si inginocchiò, abbassò la testa e seguì la voce dell'amica.

« Tra quanto arrivo? » chiedeva ogni istante.

« Tra poco ».

« Poco quanto? »

« Ancora un paio di metri ».

« Ma dove porta questo passaggio? »

« Alla malga ».

Strisciarono come lucertole, Mimma, Mirina, Bruco

e per ultimo Ari, che essendo il più alto era quello che faceva più fatica e lo si sentiva imprecare.

« Ahi! Porc... Uhi! Non ci pass... Acc!... »

« È vero!... *Ero... ero... ero...* » esclamò a un tratto la voce di Mimma. « Da qui in poi si alza! *Alza... alza... alza...* » La sua voce echeggiava nell'antro di roccia. « Si sta in piedi!... *Edi... edi... edi...* »

Uno dopo l'altro emersero in uno spazio alto e stretto. E piuttosto buio.

« Come hai scoperto questo posto? » chiese Mimma incredula.

« Me lo ha insegnato un lupo » rivelò Olga.

« Cosa??? »

Gli amici fecero per tornare indietro.

« Ora non c'è. Lo conosco, non vive qui, era solo di passaggio ».

« Di passaggio? » ripeté Bruco.

« Sì, come noi ».

« Perché, dove si va di qui? »

« Alla malga, ce l'ha detto » rispose Mimma.

« Non avevo sentito. Da che parte dobbiamo andare? »

« Di là ».

« Di là? » fece Mirina incredula. « Di là è tutto buio, non si vede niente! Io non ci vengo di là! » Una grossa goccia d'acqua le fece *ploc!* sulla testa e subito dopo un'altra.

« Qui ci piove e fa freddo » intervenne Almaris. « Non possiamo fermarci ».

« Sarà buio solo fino a un certo punto, poi tornerà la luce » tenne a spiegare Olga.

« E come faremo a orientarci senza vederci? »

« Non si può sbagliare, c'è una sola via, buia, però sicura. Posate le mani sulla roccia e seguitela ».

« E se il lupo torna a farsi un giro? » chiese Mimma.

« Sentirà le nostre voci e non si avvicinerà ».

« E se torna con il branco? »

« I lupi non si avvicinano volentieri all'uomo, non verranno ».

« Sei sicura? »

Olga annuì.

« Andiamo? » chiese tranquilla.

« La mia mamma non vorrebbe che fossi qui » protestò Mirina mettendo il broncio.

« La tua mamma non verrà mai a saperlo! Capito? Mai! » la ammonì Mimma.

Per nulla sicuri e niente affatto contenti, i ragazzi si disposero l'uno di fianco all'altro e, con le mani poggiate contro la parete umida, in silenzio, seguirono Olga nelle viscere anguste della montagna.

IL PASSAGGIO SEGRETO

Il rumore dei loro passi riverberava nella stretta caverna, così come le imprecazioni di Almaris quando inciampava, o i gridolini delle ragazze quando toccavano qualcosa di viscido, nei punti dove scendeva l'acqua.

« Ssst... » sussurrava allora Olga.

« Perché fai "Ssst"? » chiese Mirina. « Mica svegliamo qualcuno ».

« I rumori forti creano vibrazioni e le vibrazioni sono una delle cause principali del distaccamento di una frana » spiegò Bruco, facendo echeggiare le erre.

Procedevano camminando di traverso fra pareti di roccia grigia, friabile e gocciolante. Dopo quella spiegazione nessuno parlò più. Si udiva solo lo sdrucciolio dei sassi sotto le scarpe e giungeva, ovattato, il clamore dei tuoni.

Ogni tanto dal soffitto piovevano sassolini. I ragazzi allora si fermavano trattenendo il fiato.

« Perché fa così? » chiedeva Mirina spaventata. Nessuno sapeva cosa risponderle. Neppure Olga, e questo preoccupava un po' tutti.

L'aria nella cavità era fredda e pesante.

Mirina cominciò a battere i denti. Tremava di freddo e di paura.

« Manca ancora tanto? » chiese Mimma a Olga sottovoce.

« No, non tanto, dovremmo esserci quasi ».

« Aiuto! Cado! » urlò Bruco rovinando a terra; il suo strillo scatenò un rovescio di sassi sulle teste di tutti.

« Aaah! » gridò Mirina.

« Zitti! » ordinò Mimma.

La terra cominciò a tremare come se l'intera montagna si stesse accasciando.

« Non sono stato io! Non sono stato io! » gridò Bruco.

« Aaah! » strillarono Mimma e Mirina.

Un rumore assordante di pietre che rotolavano, macigni che sbattevano, di ciottoli che franavano risalì il condotto dietro di loro. E durò un'eternità.

I ragazzi tennero gli occhi chiusi e si tapparono le orecchie, mentre uno scroscio di pietruzze cadeva dalla volta, e loro pregavano di non essere sepolti vivi.

Tastando a caso, Ari riuscì ad afferrare l'amico e l'aiutò a tirarsi su. Gli tenne il braccio stretto finché il tremore, così com'era cominciato, cessò.

Mimma allora aprì cautamente gli occhi e intravide le proprie mani bianche sulla parete scura.

« Ci vedo! » esclamò a voce bassa.

Una lama di luce adesso filtrava dall'alto illuminando il cunicolo.

« Andiamo, presto! » disse Olga.

Camminando veloci sbucarono in un'altra caverna.

Qui una breccia sulla volta permetteva a un ampio fascio di luce di penetrare. Ma anche alla pioggia, e diluviava.

« Cosa sarà stato quel tremore così forte? » chiese Mimma.

« Se era il terremoto sarà venuto giù tutto il villaggio! » disse Bruco piano.

Erano pallidi e per un po' rimasero in silenzio senza sapere cosa fare.

« Dobbiamo proseguire » li convinse infine Olga. « Da qui in avanti sarà meno scomoda e non saremo più al buio ».

Si avviarono mesti lungo lo stretto passaggio, incuranti dei rivoli d'acqua che scendevano dalle crepe e allagavano il pavimento melmoso.

Mirina tremava vistosamente. Almaris la prese per mano e la trascinò.

« Forza, forza, che ti scaldi! » le disse mettendosi a correre. Ma la bambina aveva i piedi lividi e feriti.

« Non ce la faccio » si lamentò piangendo. Ari la fece salire in groppa e si rimise a correre insieme agli altri.

Correvano nell'acqua, sollevando schizzi di fango, assordati dal rombo dei tuoni; e finalmente giunsero dove ricominciava il cielo e davanti a loro c'era l'erba.

La malga e l'ovile s'intravedevano a stento attraverso la pioggia: erano a una cinquantina di metri.

I ragazzi presero fiato e al tre si lanciarono a testa bassa nella tempesta, sotto i lampi che squarciavano l'aria.

Solo per caso Bruco si voltò verso la strada che da quel punto scendeva verso il villaggio e scoprì che non c'era più. Mezzo pianoro era sprofondato. Spariti gli alberi, le rocce, gli arbusti fioriti, la panca su cui sedevano gli

escursionisti che arrivavano stanchi dopo la lunga salita, sparita la strada.

Il giovane si pulì gli occhiali e rimase a guardare per alcuni istanti, incredulo.

« Chiudi! » gli gridò Mirina quando per ultimo entrò anche lui nella malga. Ammutolito e con lo sguardo fisso, Bruco si accasciò contro la porta.

« Si è staccata la frana del Tasso » disse tremando. « Mezza montagna non c'è più. Siamo isolati ».

« Come lo sai? » gli chiese Mimma.

« L'ho visto ».

« Allora è stata la frana a far tremare la montagna non il terremoto ». Mimma sembrava sollevata. « È una buona notizia, no? Significa che il villaggio è ancora in piedi. Verranno a cercarci ».

« Voglio tornare a casa » piagnucolò Mirina.

« Ora non possiamo » le disse Bruco. « La frana deve aver fatto crollare parte del passaggio da cui siamo venuti. Dobbiamo avere pazienza e aspettare che vengano a prenderci, come ha detto Mimma ».

« Mi chiedo dove sia Mello » disse Ari. Cercava qualcosa per accendere il fuoco nel caminetto. La malga era poco più di un ovile e molto meno di una casa. Una sola stanza eretta con grossi pietroni e pali di legno, asciutta, ma fredda, con due finestre, due vecchie panche sbilenche, una cesta di legna piena e poco altro.

Olga aprì lo zaino e tirò fuori le pigne e alcuni legnetti.

« Quando li hai presi? » le domandò Almaris con un sorriso.

« Prima, venendo su ».

« Sapevi che saremmo rimasti intrappolati qui dentro? »

« No ».

Il ragazzo scosse la testa ridendo.

« Non finirai mai di stupirmi, Olga di carta » disse accendendo il fuoco.

Mello era il pastore, schivo, pacifico, un tipo solitario. Aveva trent'anni e da quindici portava le pecore ai pascoli. Dormiva nella malga accanto all'ovile e al villaggio scendeva di rado. Aveva scelto di fare quel mestiere per stare all'aria aperta; a scuola non erano riusciti a tenerlo e in un ufficio ci sarebbe morto, così diceva lui. Girava con un grosso cane bianco, di nome Bosso, che lo aiutava a proteggere il gregge.

« Sarà a cercare le pecore » disse Mimma. Gli altri annuirono, anche se in tutti c'era il terribile pensiero che Mello e il suo gregge fossero precipitati con la frana.

Bruco fece per bere un sorso di aranciata. Poiché la bottiglia era vuota, Olga gli passò la sua borraccia. Poi cercò le lampade a olio e controllò che fossero piene. Se i soccorsi non fossero arrivati con la luce del giorno, sarebbe servita un po' di luce per la sera ed eventualmente anche per la notte, pensò.

Infine prese un catino di latta e lo mise fuori, sotto la pioggia. L'acqua piovana non è la miglior acqua da bere, perché non ha sali, questo lei lo sapeva, ma era pur sempre meglio di niente, si disse.

Il fuoco nel caminetto prese presto vigore e le fiamme

danzanti, insieme al crepitio del legno e al profumo della resina che bruciava, sollevarono un po' gli animi.

Mirina si tolse i sandali e con una smorfia di dolore si guardò le piaghe ai piedi.

« Mi fanno male » si lamentò sfiorandole.

« Non toccarti con le mani sporche » le disse Mimma. Olga prese un canovaccio pulito dallo zaino e lo passò a Mirina perché si asciugasse i piedi. Poi anche lei si tolse le scarpe e le calze e li mise ad asciugare davanti al caminetto.

Ari guardò fuori dalla finestra.

« Le nuvole coprono tutto. Non si vede niente, neanche una luce » disse. « Sembra di essere sul tetto del mondo, invece che qualche centinaia di metri sopra al villaggio ».

« A me sembra di essere nella baita del venditore di tracce » mormorò Mimma. Si riferiva al personaggio di una storia che Olga aveva raccontato un paio d'anni prima, a proposito di una bambina di carta. « La bambina di carta in una situazione come questa si sarebbe trovata in guai seri, con tutta l'acqua che viene giù » continuò.

Olga era distratta, in ascolto, come se avesse udito qualcosa.

« Che c'è? » le chiese Mimma.

« Ho sentito chiamare ».

I ragazzi tesero le orecchie. La pioggia cadeva così forte che sembrava piovessero sassi sul tetto, invece di gocce d'acqua; i tuoni facevano tremare le pareti e un vento furibondo era impegnato a spazzare via tutto.

« Ho paura » disse Mirina.

Tutti avevano un po' di paura. A parte Olga: lei dava l'impressione di non avere mai paura di niente.

« Sentito anch'io! » esclamò Almaris tendendosi come un'antenna. « C'è qualcuno che chiama! »

I ragazzi corsero alla finestra.

« È la fine del mondo » mormorò Bruco guardando fuori. « Sembra già notte ».

Olga accese le lampade a olio e la stanza fu invasa da una luce calda.

« Dove vai? » le chiese Mimma notando che stava vestendosi per uscire. « Sarai mica matta? »

« Se Mello è in difficoltà, bisogna aiutarlo » disse la ragazzina.

« E se non fosse Mello? » disse Bruco improvvisamente pallido. « Se fosse... »

« Chi? » fece Mirina preoccupata.

« Mello vive quassù, questa è la sua casa, non può essere che lui » spiegò Olga. Prese una lampada, ma Almaris la fermò.

« Se esci adesso voli via come un aquilone. Vado io ».

« Non andate nessuno dei due! Per favore, non andate! » pregò Mimma.

« Non è una buona idea » intervenne Bruco.

« Non posso fare finta di niente » gli spiegò Olga, guardandolo con i grandi occhi scuri.

« Giusto » disse allora Almaris. Il giovane indossò una giacca del pastore che era appesa a un chiodo, afferrò la mano di Olga e insieme uscirono.

Mimma, dietro di loro, socchiuse la porta e rimase a guardare attraverso lo spiraglio.

« Chiudi! » le gridò Mirina.

« No, aspetta, voglio vedere cosa fanno ».

« Li vedi? » chiese Bruco.

« No ».

Dopo diversi minuti Bruco ripeté la domanda.

« Li vedi ora? »

Mimma scosse la testa.

« Neanche la luce della lampada? »

« No ».

Nonostante sentisse freddo, Mimma non voleva chiudere la porta. Bruco cominciò a camminare avanti e indietro per la stanza, facendo scricchiolare le assi, mentre Mirina stava raggomitolata accanto al fuoco.

« Cosa facciamo se non tornano? » chiese il ragazzino fermandosi alle spalle di Mimma. Lei non rispose e lui ricominciò a camminare.

« Non si sente neanche più chiamare » disse Mimma.

« Forse saranno morti » mormorò Mirina sottovoce.

Bruco prese a pensare a cosa avrebbero detto al padre di Almaris. La madre non ce l'aveva più da quando se n'era andata, abbandonando i figli e il marito. Sapere che Ari era morto da eroe sarebbe stato un conforto per il poveruomo? Forse sì. Se non altro lo avrebbe stimato un po' di più. Pod, Davin e Timet, invece, si sarebbero disperati. Almaris non era solo il loro fratello maggiore, era il loro eroe, il capo indiscusso della loro banda.

Bruco immaginò il funerale: il feretro sotto la pioggia, la lunga fila degli amici che seguivano piangendo sotto gli ombrelli grigi... Olga no, lei non poteva essere morta, non riusciva neanche a pensarci.

Passò mezz'ora.

I tre ragazzi rimasti nella malga non parlavano più.

Bruco si era seduto e rialzato dieci volte. Si tormentava le mani e sentiva una stretta allo stomaco.

« Li vedi? » chiese ancora a Mimma. Lei rimase in silenzio.

All'improvviso un fulmine illuminò la valle.

« Eccoli! » gridò Mimma.

Spalancò la porta e, accompagnati dal boato del tuono, tre figure grondanti d'acqua si gettarono all'interno.

IL CORAGGIO DI BOSSO

Il pastore e i due ragazzi sembravano appena usciti da sotto una cascata.

« Ha perso due pecore e il cane » spiegò Ari battendo i denti. Olga corse tremando verso il caminetto, mentre Mello si spogliava e restava in mutande.

« Guarda se ti va questo » disse tirando fuori da una sacca una tuta da ginnastica e passandola ad Almaris.

« Va benissimo, grazie » rispose lui.

« Hai qualcosa per cambiarti? » chiese Mimma a Olga. Lei annuì e dallo zaino tirò fuori una maglietta e dei calzoni leggeri.

« Ti copro io » disse Mimma aprendo la giacca a vento davanti all'amica per proteggerla mentre lei si spogliava.

Mello indossò un paio di bragacce, una maglietta strappata e sopra a questa un vecchio pullover bucato, di lana infeltrita blu.

« Mi scaldo e torno a cercarli » disse passandosi uno straccio sui capelli.

Ari non aveva nessuna voglia di tornare là fuori, ma

sapeva che non avrebbe lasciato andare Mello solo. Fece un sospiro e: « Aspettiamo che si calmi un po', non vediamo niente adesso » suggerì.

Mello scosse il capo.

« No, devo andare e devo andare solo. Io conosco i posti. Tu servi qui, sei il più grande, devi stare con loro e aiutarli a tornare giù quando tutto sarà finito. Hai visto cos'è successo... »

Ari annuì.

« Tutta la parte a nord, quella da dove si sale, per intenderci, non c'è più » spiegò agli amici. « Mezza montagna si è staccata ed è precipitata a valle. Non so come faremo a scendere, o come riusciranno gli altri a salire per venire a prenderci ».

« Per questo voglio andare » disse il pastore. « Se Bosso si è salvato potrebbe essere ferito o potrebbe essere incastrato da qualche parte. Devo trovarlo, vivo o morto ».

« È pericoloso, lo sai » insistette Almaris.

« Molto! » aggiunse Mimma.

« Io non uscirei neanche morta » borbottò Mirina.

Olga non disse niente. Qualche mese prima aveva rischiato di perdere Valdo e sapeva cosa stava provando Mello. Se là fuori ci fosse stato il suo cane, lei sarebbe uscita a cercarlo fosse venuta anche l'apocalisse. Un amico non si lascia in balia di una tempesta, questo era il suo pensiero.

Mello aprì una botola nel pavimento di assi e tirò su una corda a cui era appeso un cesto che conteneva diverse cose, fra cui una forma di formaggio e una pagnotta. Ne staccò un pezzo e se lo cacciò in bocca.

« Servitevi pure. Qui sotto c'è altra roba... » disse e dalla botola tirò fuori anche una bottiglia d'acqua. « Sta più fresca qui che in frigo ».

Lui si versò un bicchiere di vino scuro che stava dentro a un fiasco.

« Sei sicuro di voler andare? » gli chiese ancora Ari.

« Sì » rispose, « Bosso per me lo farebbe ».

Salutò e senza dire altro si rituffò nella notte burrascosa.

A nessuno fece piacere vederlo andare via. Nemmeno a Mirina.

« Davvero rischia la vita per cercare il suo cane? » chiese incredula. « E se non lo trova? O lo trova che è morto? »

« Sarà molto triste » rispose Mimma.

« Perché gli vuole bene? »

« Sì ».

« Come Olga ne vuole a Valdo? »

« Sì ».

« E il cane vuole bene a lui, come avete detto che Valdo ne vuole a Olga? »

« Sì, credo proprio di sì ».

« Come fate a saperlo? »

« Be', si capisce da come si comporta: Bosso gli fa le feste quando lo vede, sta sempre con lui, lo difende, lo protegge dai lupi e... »

Mirina sgranò gli occhi e avvampò.

« Lupi??? » gridò con voce strozzata.

In quel momento qualcuno bussò.

Mirina trattenne il fiato, Bruco guardò Mimma, che guardò Olga che, come Almaris, guardava verso la porta.

« Hanno bussato? » chiese Bruco incredulo.

Il rumore si ripeté.

« Non sembra uno che bussi » disse Mimma. « Che sia un ramo strappato dal vento? »

Olga ne dubitava. Si alzò dalla sedia, si accostò alla porta, attese qualche istante e cautamente aprì. E sorrise: un grosso cane bianco, zuppo come uno straccio, chiedeva di entrare. Dietro di lui, a poca distanza, arrancava una figura imponente e dietro ancora seguivano una pecora e un agnello.

« Bosso! » esclamò Almaris vedendo entrare il cane. « E Gibòd? »

L'uomo entrò e crollò su una seggiola. Olga e Mimma cercarono qualcosa con cui potesse asciugarsi, mentre Ari gli versava un bicchiere di vino.

« Che avventura, figlioli! » sbuffò il poveretto esausto.

Era un gigante buono a cui tutto il paese voleva bene. Era giunto a Balicò senza bagaglio e con una grande passione per le stelle e una malinconia nel cuore: aveva perso la moglie, che amava moltissimo.

Per anni avevano lavorato insieme per un circo: lei era la donna cannone, lui accendeva la miccia. Poi, un giorno, l'incidente: dal volo la donna non tornò più e lui da allora la cercava.

Seduto su quella sedia, stanco e fradicio, sembrava sul punto di piangere. E lo era. Di felicità. La felicità per aver ritrovato i ragazzi.

« Quando ho saputo che stavate salendo alla malga ho dato l'allarme e sono venuto a cercarvi. Ma non vi ho raggiunti in tempo » disse trattenendo un singhiozzo.

« E quando ho visto la montagna crollare... » Chiuse gli occhi e si passò una mano sulla faccia.

« Ci ha salvati Olga » gli spiegò Mimma. « Conosce una scorciatoia dentro alla montagna ».

Gibòd sollevò lo sguardo.

« È un miracolo » disse stirando un sorriso.

« Piuttosto, come ha fatto lei ad arrivare qui? » gli chiese Almaris.

L'uomo guardò Bosso.

« Mi ha aiutato lui. Aveva già trovato le pecore, poteva venire qui diretto e togliersi da quest'inferno, invece mi ha sentito chiamare ed è sceso verso di me. Quando l'ho visto... Buon cielo! Quando quel manto bianco mi è apparso dal buio, ho pensato me l'avesse mandato la mia Bella. Quest'angelo mi ha tirato fuori dal fango, mi ha rimesso in piedi e mi ha condotto fin qui come fossi stato la cosa più importante per lui. E andavo adagio, perché ero stanco, e lui mi aspettava, sapete? Faceva qualche passo, si voltava e mi aspettava. Non mi ha mai lasciato indietro. Pazzesco, pazzesco ».

Bruco fece una carezza al cane, mentre Mirina lo osservava incredula.

« Ha fatto davvero queste cose? » chiese inclinando il capo da un lato. « Perché? »

« Bosso è un cane da guardianìa, ce l'ha nel sangue di proteggere » rispose Ari.

« Anche chi non è una pecora e non è il suo padrone? »

« Pare di sì ».

« Perché vuole bene a tutti? »

« I cani sono un po' così, sono animali che vivono in

branco, stanno bene in compagnia e si affezionano ai loro simili e agli uomini ».

« Anche ai gatti » intervenne Mimma. « Valdo vuole bene a Gatto, vero? » Olga annuì.

« Si affezionano a chiunque faccia parte della loro famiglia: uomini, gatti, topi, uccellini... » continuò Almaris.

« Topi? » esclamò Mirina.

« Ne ho avuto uno per due anni. Si chiamava *Eccomi!*, perché quando lo chiamavo arrivava subito ».

« Un topo addomesticato... mah » Mirina era perplessa. « Noi non abbiamo mai avuto un animale in casa. Potrei essere allergica al pelo ».

« Io vorrei avercelo, un cane » disse Bruco continuando ad accarezzare Bosso.

« A me fanno paura » disse Mirina.

« Perché? Sei stata morsa o aggredita? »

La ragazzina scosse la testa in senso negativo.

« Allora perché ti fanno paura? »

« Perché hanno quei dentoni ». Mirina con un gesto alluse ai dentoni di Bosso, che respirava a bocca aperta lasciando intravedere i grossi canini candidi e forti.

« Gli servono per mangiare, mica per morderti » replicò Almaris. « E per tenere lontani i... » S'interruppe, ma ormai Mirina aveva capito.

« I lupi! » esclamò. « Ne avete visti? »

« No, no, niente lupi. Se ne stanno rintanati anche loro con questo tempo, non sono mica stupidi. Sembra, invece, che il nostro Bosso abbia sete ».

Ari si mosse per prendere la bottiglia d'acqua, ma Olga gli fece segno di aspettare e si diresse verso la porta.

« Ci vado io! » annunciò Mirina lasciando tutti di stucco. Uscì, recuperò il catino che Olga aveva messo fuori e lo mise quasi sotto il muso del cane; non proprio sotto perché non si fidava.

« Bravo, cane, bevi » gli disse tornando a sedersi soddisfatta. Bruco guardò Mimma e Olga con una smorfia che diceva: "Però!"

Il signor Gibòd si alzò dalla sedia e andò a sedersi vicino al fuoco.

« Dov'è Mello? » chiese. I ragazzi lo aggiornarono sull'accaduto.

« È strano che non sia ancora tornato, no? » disse Mimma. L'uomo abbozzò un'espressione ottimista.

« Mah, mica detto. Avrà trovato riparo. Conosce bene questi luoghi, sa dove si nascondono le pecore, si sarà rifugiato sotto qualche roccia ».

« Speriamo ».

« Sì, sì, non dovete preoccuparvi. Vedrete che presto sarà qui ».

« Olga stava raccontandoci una storia » lo informò Bruco, sapendo di dargli una buona notizia. Gibòd, infatti, cambiò subito espressione.

« Oh, sì, sì, ne sono al corrente » rispose riprendendo colore. « Me lo ha detto il nostro postino. Da lui ho saputo che stavate venendo qui. E di cosa parla questa volta? »

« Di una bambina con i vestiti grandi che salta dentro ai disegni » gli rispose Mirina.

« Si chiama Misteriosa » precisò Mimma.

« E ha due amiche che si chiamano Dura e Piccola » continuò Bruco.

« Misteriosa ha anche un amico prezioso che si chiama Bravo, non vi ho ancora parlato di lui? Be', lo farò ora, mentre vi racconterò di quando lui e Misteriosa accompagnarono Dura in biblioteca. Prima, però, bisogna che vi dica che Misteriosa tornò al Museo e là incontrò di nuovo il ragazzo bellissimo… » continuò Olga.

IL GIRO DEL (MAPPA)MONDO

Era passato poco più di un anno dalla visita al Museo e in quel periodo Misteriosa era tornata spesso a vedere i quadri e a visitarli. Riparava al Museo quando fuori pioveva, oppure prima di affrontare una giornata difficile; quando si sentiva un po' giù e non sapeva perché; quando era in ansia, per stare un po' sola, per chiarirsi le idee e trovare silenzio; e quando aveva voglia di giocare.

Saltare nei quadri era diventato…

"*…Un passatempo innocente imparato da piccola, che ormai mi veniva facile come andare in bicicletta.*"

Lontana dalla realtà trovava pace e consolazione, equilibrio, risposte ed energie…

"*Il guardiano all'entrata ormai mi riconosceva e mi salutava.*

« È quasi ora di chiusura, signorina » mi diceva, accostando

il pesante portone di legno alle mie spalle, subito dopo che avevo varcato la soglia.

« Per questo vengo ora » rispondevo, uscendo da sotto l'immenso cappotto.

« Quale quadro è venuta a visitare questa volta? »

« Un quadro che ho visto la scorsa settimana. Non so bene cosa ritragga, perché è tutto sottosopra, sconclusionato oserei dire, molto strano, pieno di luce e di colori. Mi ha incuriosita » risposi una sera. Avrei voluto aggiungere: "Vorrei stare un po' lì, perché forse capendo quel quadro potrei capire anche il mondo. I due si somigliano, sa?" Lui avrebbe annuito e mi avrebbe risposto: "Lei è giovane e già tanto saggia, signorina".

Invece mi disse: « Vada pure, non c'è più nessuno a quest'ora » e sottovoce aggiunse: « O quasi… »

Nonostante fosse proibito, capitava che a volte i quadri fossero affollati di gente, tanto che si faticava a entrare e a trovare posto. Ritratti di giardini e di rive soleggiate erano i più ricercati: pieni così! Entravi e subito sentivi parlare di bilanci che non tornano, di figli turbolenti, di capi mai contenti, di sogni infranti e dubbi amletici. Dopo un po' le voci si quietavano e la gente cominciava a distrarsi, a guardarsi attorno. Piano piano, la realtà svaniva e prendeva vita la fantasia: chi immaginava di essere un elfo, chi una ninfa dei boschi, chi un fiore, un'ape, un lombrico – che se lo tagli in due diventano due lombrichi – chi un sasso di fiume, una nuvola vaporosa. Uomini, donne, ragazzi, ragazze uscivano dai dipinti sereni e felici come dopo una lunga vacanza, o un corso di ottimismo, o dopo aver fatto la spesa al supermercato delle idee.

Io non amavo stare in mezzo alla folla. Se i quadri erano affollati, mi divertivo anche a fare la sigaretta nel cartello VIETATO FUMARE, *o la pallina di carta accartocciata disegnata sul cestino dei rifiuti, o la donnina stilizzata sulla porta delle toilette.*

Una sera mi ritrovai nella sala delle carte geografiche. Sarei dovuta andare a nuoto con il mio amico Bravo, ma era inverno, nevicava e non avevo nessuna voglia di infilarmi in piscina. Inoltre il costume mi stava larghissimo e non riuscivo a nuotare. L'istruttrice voleva che lo pinzassi con le mollette da stendere. "Sì, come no" dicevo dentro di me, "così sembro un pezzo di bucato caduto nell'acqua fredda!"

Nella sala delle carte geografiche trovai il ragazzo bellissimo che avevo incontrato con Dura.

« Ciao » mi disse voltandosi.

« Ciao » gli risposi.

« Sei sola? »

« Sì ».

« La tua amica non c'è? »

« No, Dura non viene mai a quest'ora a... »

« A...? »

« Niente ».

« Peccato, m'era sembrato che le piacessero le mappe e i viaggi ».

« Sì, molto ».

« A te piace viaggiare? »

Era nello stesso punto dove l'avevamo visto la prima volta, accanto al mappamondo. Era ricoperto di polvere d'oro e tossiva. La polvere, che gli indorava i capelli, le ciglia, il volto, gli abiti, la borsa che teneva a tracolla e le scarpe, doveva essergli andata in gola.

« Sì » risposi.

Lui allora cominciò a camminare con due dita sul globo, facendolo roteare su se stesso.

« Vengo qui ogni tanto a fare due passi » disse senza guardarmi.

« Per distrarti? » gli chiesi.

Si strinse nelle spalle.

« Più che altro perché preferisco impararle così, le cose, piuttosto che studiarle sui libri. È più divertente ».

« E cosa impari qui? »

« Qui intendi... qui? » Batté le dita sul mappamondo.

« Sì ».

« Un po' di tutto, geografia, astronomia, arte... »

« Arte? In un mappamondo? »

« Vado a visitare i monumenti. Vuoi fare un giro? »

« Sei uno che salta? »

« Certo, pensavo che l'avessi capito. Mi chiamo Selvatico. E tu sei? »

« Misteriosa ».

« Allora, vuoi fare il giro del mondo, Misteriosa? »

Lasciai cadere le scarpe e saltai con lui.

Se oggi so molto di geografia lo devo anche a quel viaggio, che durò meno di dieci minuti, ma in quel tempo attraversammo cinque continenti, camminammo sugli oceani, visitammo tutti i siti archeologici esistenti sulla terra, tutti i monumenti delle città più importanti, scalammo tutte le montagne (senza usare l'ossigeno! E senza attrezzatura! In jeans e maglietta!); andammo dal Polo Nord al Polo Sud e girammo attorno all'equatore venti volte. Durante quei giri capii la storia dei fusi orari: camminavo in bilico sulla riga rossa, mettendo un piede dietro l'altro verso il fascio di luce che illuminava metà globo, e in un lampo mi fu chiaro perché quando da noi è giorno, dall'altra parte è notte e perché andando verso ovest la luce cala, mentre verso est la luce sale. Fu facile. Ora se mi si chiede quali sono i fiumi, i laghi, le montagne, i confini, i capoluoghi e le città di ogni singolo paese, li so dire, perché li ho visti, ci sono stata!

Quando tornammo alla realtà anch'io ero coperta di polvere d'oro, la sabbia del deserto.

« Me lo ricorderò per sempre » dissi a Selvatico. « Grazie! »

« Figurati, quando vuoi. Credi che alla tua amica piacerebbe fare un giro? »

« Dura non salta » spiegai.

« Perché no? »

« Perché non ne ha bisogno, lei non ha paura di niente ».

« Mica bisogna aver paura di qualcosa per aver voglia di esplorare la fantasia ».

« È vero » risposi.

Salutammo il guardiano e lui, come al solito, mi fece l'occhiolino.

"Si sbaglia" avrei voluto dirgli, "è interessato alla mia amica, non a me".

E a proposito di amiche, qualche giorno dopo, tornando,

gli chiesi: « Scusi, potrebbe dirmi se è mai venuta qui da sola una ragazzina della mia età, alta circa così, bionda, con la coda di cavallo? »

Lui si stampò un magnifico sorriso sul viso. E fu tutto.

Che la discrezione fosse la sua migliore qualità lo sapevamo, altrimenti non saremmo andati al Museo a saltare nei quadri. E nei mappamondi.

Piccola non aveva più detto niente a proposito di quella mia abitudine. In compenso era diventata egoista e capricciosa. Voleva che Dura e io facessimo sempre quello che proponeva lei, non le importava il nostro pensiero, non ascoltava le nostre idee o le nostre opinioni; non s'interessava mai su come stessimo, se fossimo felici o tristi, non ci badava; e rifiutava di fare il benché minimo sacrificio, o la benché minima fatica, per aiutare uno di noi o chiunque altro; non si arrabbiava, te lo diceva col sorriso: "Non ho voglia di fare quello che mi chiedi". Oppure: "O facciamo a modo mio o non partecipo". O ancora: "Lì non ci vengo perché non mi piace". O: "Questo non lo faccio perché non sono capace".

Era capricciosa e infantile. E siccome si comportava così anche a scuola, Preside Saggia decise di convocare i suoi genitori.

« Gli insegnanti riferiscono che in classe non ascolta, si assenta col pensiero, protesta se la si riprende, parla a voce alta e disturba i compagni. E ogni tanto sparisce » spiegò la dirigente.

I genitori annuirono con mestizia.

« Lo fa anche a casa. Certi capricci! Eppure l'abbiamo

sempre assecondata in tutto, sa? Mai un no, mai! Soprattutto da quando io e suo padre ci siamo separati, le siamo sempre andati dietro in tutto e l'abbiamo sempre protetta, sempre! Lei, così fragilina, la nostra piccolina. Dove avremo sbagliato? »

Preside Saggia si lasciò sfuggire un lamento.

« Difficile dirlo » sospirò. « D'altra parte » si riprese, « a chi piace doversi accollare problemi e doveri? Eppure, bisogna pur imparare, no? Piccola deve credere un po' più in se stessa e nelle proprie capacità. Perciò penso che le affiderò un compito… »

« Un compito? Alla nostra Piccola? Uh, non ci conti, proprio non è capace! » interruppe la madre. « Tante cose dobbiamo fargliele noi: scaldare il latte, mettere in tavola, comprare il pane… Rifiuta qualsiasi incarico ».

« Cosa le piace fare allora? »

« Ah, non lo chieda a me! » La mamma di Piccola accompagnò quella risposta con una risatina ironica, come se le avessero chiesto un parere riguardo la sovrapposizione degli stati quantistici.

Preside Saggia si morse la lingua e proseguì.

« Le chiederò di aiutare la signora Ordinetti, la nostra bibliotecaria, a classificare i libri della scuola ».

« Piccola non legge. Dice che leggere l'affatica e l'annoia » intervenne il patrigno.

« Allora è perfetta per quella mansione » esultò la Preside.

« Non le piacerà! » disse la madre.

« Non è detto, forse non al principio, ma poi… »

« Protesterà! »

« È un suo diritto ».

« Soffrirà! »

« No, questo non lo credo. Buona giornata, signori. Vi terrò aggiornati ». L'incontro terminò così.

Qualche giorno dopo, Dura chiese a Bravo e a me di accompagnarla in biblioteca. Ci andava volentieri, ma non per i libri. C'era un planisfero politico, che a Dura piaceva guardare. Diceva che vedere il mondo con una sola occhiata la faceva sentire un titano.

Pensammo di dover andare là per questo. Invece…

« Devo scegliere un libro per l'ora di lettura » disse.

« Che libro devi prendere? » le chiesi.

« Boh, la prof ha detto di sceglierne uno che ci piace ».

Il programma prevedeva che una volta alla settimana gli studenti portassero a scuola un libro da casa, o uno scelto in biblioteca, da leggere in classe per un'oretta. Poi, chi lo desiderava, poteva parlare del proprio libro ai compagni, suggerendolo come lettura oppure sconsigliandolo. Preside Saggia voleva che ci piacessero i libri.

Ci avvicinammo ai ripiani per leggere i titoli sulle coste. Ne scelsi uno e lo diedi a Dura. S'intitolava Il viaggio di Crini intorno al mondo.

« Guarda questo… »

« Se decidi di prenderlo, scuotilo bene, o potresti portarti a casa qualcuno » le consigliò Bravo, che di libri ne leggeva tanti. « A me è capitato una volta ».

Dura aprì il libro verso il basso e lo scosse forte.

« Ehi! » esclamò un'allieva della 2A cadendo a terra.

« Che ti salta in mente? Ho il compito di matematica! Vuoi farmi prendere un quattro? Accidenti a te! Mi ero nascosta così bene e stavo pure divertendomi! »

Dura la guardò interdetta, finché questa se ne andò sbattendo la porta della biblioteca.

« E qui cos'è successo? » chiese Bravo: in un angolo alcuni libri erano aperti a faccia in giù sul pavimento.”

UNA FACCENDA COMPLICATA

"I libri sparpagliati per terra avevano tutti la copertina dello stesso colore.

« Forse sono caduti » disse Dura.

« Non sono caduti ». La voce veniva dalle nostre spalle.

« Signora Ordinetti! » esclamammo.

« Non siamo stati noi! » s'affrettò a dire Bravo.

« Lo so » disse la responsabile della biblioteca chinandosi a raccoglierli. Aveva l'aria preoccupata.

« Avete visto Piccola? »

« No. Perché? » domandò Dura.

« Non riesco a trovarla da nessuna parte ».

« Perché la cerca? »

« Avevamo cominciato a fare un lavoro insieme, ma… »

In quel momento Preside Saggia mise dentro la testa canuta e ben pettinata.

« L'ha trovata? » chiese alla responsabile.

« No, non ancora. Speravo fosse tornata qui, ma non c'è ».

La dirigente guardò noi e noi scuotemmo la testa.

« Bene. Riunione in sala professori. Ora! » ordinò.

La signora Ordinetti seguì la Preside e noi rimanemmo di nuovo soli.

« Si sarà nascosta in bagno » suggerì Bravo. « Io a volte lo faccio, quando m'inseguono i bulli ».

« Andiamo a vedere » fece Dura avviandosi.

« Ma perché sarà fuggita? » chiesi, tirandomi su i calzoni e sciabattando fuori dalla biblioteca.

« Non lo so » rispose lei. « Forse non aveva voglia di fare il lavoro che le aveva proposto la signora Ordinetti. Chissà di che cosa si trattava...? »

« Dividere i libri per colore? » azzardai. Quelli per terra erano tutti rossi.

« Che idea... » borbottò Dura."

Nella malga, intanto, mamma pecora belava e sembrava non voler smettere più.

« Avrà fame » disse Almaris. « Lei allatta il suo piccolo, ma chi sfama lei? »

« Ecco, vedi? Loro sono mammiferi » spiegò Bruco a Mirina.

« Eh, già » fece lei.

« Io ho ancora questo... » Mimma tirò fuori dallo zaino un panino mezzo spappolato.

« Il pane lo apprezzerà » commentò Almaris, « il resto dipende. Che c'è dentro? »

« Formaggio e prosciutto ».

Il signor Gibòd e Ari fecero no all'unisono con la testa e Bruco spiegò il perché.

« Le pecore sono animali erbivori, brucano l'erba, mangiano il fieno, la frutta, e riescono a digerire anche i vegetali più coriacei grazie a un organo speciale che fa parte del loro complesso sistema digestivo e che permette loro di far tornare il cibo alla bocca dopo averlo ingurgitato, per una seconda masticazione. Si chiama rumine ».

« La pecora? » chiese Mimma.

« No, l'organo speciale ».

« Perciò niente formaggio? »

« No, è un ruminante ».

« Allora perché il pane va bene? »

« Non è il massimo, ma è fatto con il grano e loro il grano lo mangiano ».

« Ah. Allora le daremo solo il pane ».

« Formaggio e prosciutto li mangerei io, se nessun altro li vuole » disse Gibòd.

« Io mangerei una galletta » disse Mirina, e invece di aspettare che qualcuno gliela porgesse, come ci si sarebbe aspettati, si alzò e andò a servirsi da sé. E, fatto ancora più sorprendente, ne offrì agli altri.

« Secondo voi, Mello tornerà? » chiese Bruco guardando dalla finestra.

« Oh, è un giovane in gamba » rassicurò Gibòd, « sarà all'asciutto e starà aspettando che smetta di piovere ».

« Vorrei fargli sapere che il suo cane è qui al sicuro ».

« Già » sospirò Mirina.

Olga le sorrise. Mirina stava cambiando. Chissà se un giorno anche lei si sarebbe preoccupata pensando ai nidi caduti durante una tempesta, ai nuovi nati in balia della pioggia e del fango, a quanti quella notte non ce l'avrebbero fatta, ai genitori disperati e impotenti. Quando fosse tutto finito, Olga avrebbe pattugliato la campagna in cerca dei feriti e di chi si era perduto: uccellini, giovani conigli, cerbiatti. Sarebbe intervenuta solo se la situazione fosse stata grave, se fosse stata certa che un piccolo aveva perso la madre o se un'ala era spezzata o un giovane fosse stato troppo giovane per cavarsela da sé. D'accordo con sua nonna, avevano adibito una zona della stalla a infermeria e nursery. Là erano stati curati porcospini, pipistrelli, cerbiatti, un capriolo, una volpe, tre ghiri, un cinghialino, una civetta, un allocco, un picchio e un barbagianni. Oltre a uccellini di ogni genere e dimensione.

Occuparsi dei ricoverati era una delle attività preferite di Olga e dei suoi amici. Bruco conosceva vita, morte e miracoli di ciascuna specie, ma non prendeva in mano volentieri gli animali, pensava di non essere capace. Mimma invece aveva vinto la paura delle volpi, dei pipistrelli e dei cinghiali accarezzandoli mentre erano ospiti alla fattoria.

Anche Mimma, sotto sotto, sorrise a quel "già" sospirato da Mirina. La sua amica tornava a esserle simpatica e, strano, ma vero, il merito era anche un po' di quella tempesta, che stava mettendo a dura prova i nervi di tutti e da alcuni tirava fuori il meglio.

Il vento non smetteva di ruggire, le raffiche facevano spalancare di continuo la finestra, i tuoni si susseguivano senza sosta e la pioggia batteva contro i vetri con tale violenza che sembrava volesse mandarli in frantumi.

« Non ne posso più di questo rumore » disse Mimma. « Vorrei essere a casa ».

Da fuori giunse un tonfo.
I ragazzi si guardarono.
« Cosa sarà stato? »
« Aiuto! » si sentì gridare.
Bruco riconobbe la voce e corse ad aprire la porta.
« Papà? »
In un groviglio di cappotti zuppi, ammassati l'uno sull'altro davanti alla malga, Bruco riconobbe suo padre, il professor Debrìs, e sotto di lui, fradicia e dolente, Tomeo Dipì.
« Figliolo! Grazie a Dio sei qui e stai bene! Aiutaci ad alzarci, ti prego » disse il professore in ginocchio, tendendo una mano.
Vennero in aiuto anche Almaris e Olga e tutti insieme riuscirono a rimettere in piedi i due nuovi arrivati e a farli accomodare all'interno.
« Ma come...? »
« Non dite niente, è stata colpa mia » sbuffò il professore spogliandosi del pastrano che lo avvolgeva.
Olga aiutò Tomeo a fare lo stesso. « M'era venuta voglia di fare due passi e siccome voi eravate quassù, ho proposto alla povera Tomeo, qui, di salire anche noi alla malga ».
« Mamma sa che sei qui? » chiese Bruco a suo padre.
« Sì, certo. Ma conosci tua madre: quando le ho proposto di fare questa gita, mi ha squadrato con quei suoi begli occhietti blu e ho capito che non avrei potuto insistere. Uuuh, ma che inferno! Gibòd, ci sei anche tu, bene, bene... »
Tomeo zoppicava.
« Cos'è stato? » le chiese Gibòd, indicando la gamba.

« È stato che a momenti va giù anche lei con la montagna, ecco cos'è stato » rispose il professore.

« Mi sono sopravvalutata. Non ho più l'età per scalare montagne, povera me » scherzò la signora. « Ho preso una storta e tuo papà » si rivolse a Bruco, « ha dovuto portarmi in braccio fin qui ».

« Sono scivolato proprio all'ultimo momento, accidenti. Abbiamo fatto un patatrac. Tu stai bene, figliolo? State tutti bene? »

Bruco e i ragazzi annuirono.

Debrìs versò un bicchiere d'acqua e lo offrì a Tomeo e dopo se ne versò uno per sé.

« Mai visto niente del genere, mai! » continuò. « È il diluvio universale! Tu quando sei arrivato? Sei partito prima? » La domanda era rivolta a Gibòd.

« Sono partito subito dopo aver saputo dal postino che i ragazzi stavano salendo il sentiero del Tasso. E ho avuto anch'io la mia bella avventura. Se non fosse stato per lui... » L'uomo indicò il cane e Debrìs si guardò attorno.

« Dov'è Mello? E perché queste pecore sono qui? »

« Mello è fuori a cercare Bosso, non sa che è tornato » spiegò Almaris. « Le pecore le ha portate il cane ».

« Povero Mello, con quest'inferno. Ma se la caverà, è forte, quel ragazzo. Mi chiedo invece come faremo noi altri a scendere... Dovremo rotolare come sassi ».

« La strada non c'è più » disse Tomeo.

« Sì, lo sappiamo » risposero i ragazzi.

« In compenso qui fa un bel caldino » disse il professore strofinandosi le mani vicino al caminetto. « Avete acceso un bel fuocherello. Bravi, bravi. Ci fosse anche qualcosa da mettere sotto i denti... » Mirina si alzò e corse a prendere le gallette da offrire al professore e alla signora.

« Oh, grazie! » disse Debrìs prendendone una.

« C'è anche del formaggio ».

« Davvero? Il buon formaggio di malga... una fettina la prendo volentieri ».

« Secondo lei siamo in pericolo qui? » domandò Mimma.

Il professore scosse la testa e prima di rispondere inghiottì il boccone.

« No... » rispose, quasi strozzandosi. Poi, mentre cercava qualcosa per pulirsi la bocca, si spiegò meglio. « Quella era una vecchia frana. Le piogge abbondanti di questi giorni l'hanno provocata ». Prese un altro morso di galletta e formaggio e continuò: « Qui siamo al sicuro, questa malga... » intanto masticava, « ...è stabile ».

« Meno male » sospirò Mimma. « Mia nonna sarà in pensiero ».

« Lo saranno tutti. Le vostre nonne e... tua madre! » Debrìs guardò il figlio e si stropicciò la faccia con le mani. « Comunque staranno organizzando i soccorsi, immagino, e presto arriveranno. E se no, scenderemo noi in qualche modo, appena questo pandemonio sarà finito. L'importante è che siamo tutti salvi ».

« Chi pensa che potrebbe venire a cercarci? » chiese Almaris, temendo la risposta e per una ragione precisa.

« Oh, vediamo... tuo padre, don Sero, Cigio, del Caffè Centrale, il nostro postino... I montanari, insomma ».

« Pensa davvero che lo chiederebbero a mio padre? » Tutt'a un tratto Almaris apparve preoccupato. Il signor

Grampet non era il tipo di genitore che s'impensieriva per i figli. Se uno dei suoi si allontanava o tardava a rientrare a casa, si preparava a suonargliele di santa ragione. Lavorava tutto il giorno e la sera era stanco e nervoso. Non sapeva cosa facessero i suoi ragazzi quando lui era assente, ma se uno solo si cacciava nei guai, Ednor Grampet menava le mani. Ed erano mani pesanti. Almaris, che i guai sapeva come procurarseli, le aveva saggiate diverse volte e ora non sapeva se sperare di veder arrivare suo padre o pregare che la tempesta li tenesse lì isolati per altri vent'anni.

« Pensa che arriveranno presto? » chiese al professore.

« Oh, be', potrebbero, se troveranno una via per salire: ora è una parete di fango. Noi ce l'abbiamo fatta perché al bivio ci siamo sbagliati e siamo saliti dal sentiero dei Caprioli, mentre voi siete venuti su dal sentiero del Tasso, no? Lo dicevi tu prima, Gibòd ».

I ragazzi annuirono. Il sentiero dei Caprioli faceva un lungo giro prima di ricongiungersi alla via più diretta.

« Potremo scendere da lì, allora » propose Gibòd, « da dove siete saliti voi».

Debrìs fece di no con il capo.

« Impossibile » rispose, « la frana ha cancellato tutta la parte bassa. Praticamente ce l'ha portata via da sotto i piedi. Se è scesa sulle vasche di raccolta, deve aver fatto un macello ».

« Noi ci siamo fermati alle vasche! » disse Bruco.

Il professore alzò gli occhi al cielo, come per ringraziare il Signore.

Olga andò a sedersi per terra vicino a Tomeo, che le fece una carezza, e Mirina la seguì.

« Così sento bene la storia » spiegò soddisfatta, sedendosi anche lei per terra e incrociando le gambe.

« Storia? » fece il professore voltandosi.

Gibòd confermò con un cenno del capo.

« Sta raccontando » disse contento, quasi sottovoce.

« Ah, be', be', quale miglior intrattenimento per ingannare il tempo, ora che siamo qui prigionieri. E di cosa narra questa volta? »

Bruco riassunse la storia al padre.

« Capisco » concluse questo alla fine. E borbottando fra sé e sé aggiunse, non sentito: « Crescere è una faccenda complicata ».

UNA BUONA IDEA

“In aula Professori, Preside Saggia interrogò la bibliotecaria per sapere cosa fosse accaduto.

« Ero sicura che sareste andate d’accordo » disse rammaricandosi. « Perché la bambina è scappata via, cosa non ha funzionato? »

« Non concordavamo sul criterio da seguire per catalogare i testi » spiegò la signora Ordinetti. « Piccola pretendeva che li disponessimo in base al colore: tutti i rossi insieme, tutti i blu, tutti i verdi… Quando le ho detto che non era possibile ha suggerito di dividerli allora in base all’immagine sulle copertine. Le faccio un esempio: tutti i libri che avevano sulla copertina un signore con gli occhiali, secondo Piccola, dovevano stare assieme, che si trattasse di thriller, biografie o testi scientifici. Ho provato a spiegarle che in questo modo nessuno avrebbe più trovato un volume e lei a quel punto ha buttato tutto per aria e se n’è andata gridando che il suo metodo era l’unico intelligente e che io non capisco niente ».

« Uhm… » fece la Preside. « Pensandoci bene, non era

del tutto una cattiva idea. Non è stata forse lei, Ordinetti, a raccontarmi di quando qualcuno è venuto a chiederle un libro di cui non ricordava l'autore e neppure il titolo, ma era certo che la copertina fosse rossa? »

La bibliotecaria dovette ammetterlo.

« E di un altro che ricordava solo che sulla copertina ci fosse un gatto nero con la punta della coda bianca ? »

Seppure a malincuore, la bibliotecaria dovette annuire di nuovo.

« D'altra parte » si difese, « quasi tutti conoscono il titolo e l'autore e non hanno la minima idea di come sia fatta la copertina, o di che colore sia, non avendola mai vista ».

« È vero » convenne la Preside. « Tuttavia penso ancora che sarebbe stato un modo originale e divertente di catalogare i libri ».

Poco dopo giunse l'ordine.

A studenti e insegnanti fu chiesto di setacciare ogni angolo della scuola e agli assistenti di controllare nei bagni, nelle cucine, in palestra e nel cortile.

« Piccolaaa! » si sentiva chiamare ovunque. « Piccolaaa, dove seiii? Esci fuori! »

Le classi furono buttate all'aria, armadi e armadietti spalancati. Venne cercata in luoghi dove neanche una cimice sarebbe potuta infilarsi. Senza successo.

A quel punto mi venne un dubbio e, senza dare troppo nell'occhio, cominciai a guardare dentro ai disegni che l'insegnante di educazione artistica era solito appendere alle pareti lungo il corridoio.

Li passavo in fretta, per non destare sospetti. Ma davanti a un particolare disegno mi fermai: conoscevo l'autore, s'era ritratto come una figura lunga lunga, con braccia lunghissime, lunghissime gambe e un collo da giraffa.

« Ti piace? » chiese una voce alle mie spalle.

Annuii senza voltarmi.

« Vediamo chi lo ha fatto… » Preside Saggia si sporse per leggere la firma. « Oh, è di Piccola! Lo ha realizzato per il compito "Ritrai te stesso" ».

« Già » dissi.

« Particolare non trovi? »

« Sì e, a proposito, vado subito a cercarla ».

Sentivo il suo sguardo fisso su di me.

Feci per allontanarmi, ma lei tossì per richiamare la mia attenzione. Così mi fermai e mi voltai.

« È lì? » mi chiese, accennando al disegno.

Ebbi l'istinto di ritirarmi dentro ai miei vestiti come fanno le tartarughe nel carapace: prima le braccia, poi le gambe, infine la testa… Zuc, zuc, zuc…

« No » risposi.

« Sicura? »

« Sì ».

« Hai guardato bene bene? »

« Sì, non c'è. Forse, però, so dove potrebbe essere » mi scappò di dire. Subito dopo mi morsi la lingua.

Lei fece cenno di avvicinarmi. Poi si chinò leggermente e mi indicò il suo orecchio. Mi sollevai in punta di piedi, perché era davvero altissima, e reggendomi i calzoni bisbigliai:

« Dovremmo andare al Museo, ma è meglio se non lo dice a nessuno ».

Lei si sollevò di colpo e mi lanciò uno sguardo stupito.

« Al Museo? A che fare?... Oooh, tu pensi... »

« Credo di sapere anche in quale quadro » aggiunsi sottovoce.

In quel momento arrivò la signora Ordinetti.

« Allora, ci sono novità? »

« Forse sì » rispose la Preside. E senza altro aggiungere si avviò rapidamente per il corridoio.

« Seguimi, tu » mi disse.

« Dove andate? » domandò la bibliotecaria, correndo per tenere il passo.

« In segreteria, devo fare una telefonata ».

Scendendo le scale incontrammo il professor Giubilo che, vedendoci andare così di fretta, si incuriosì.

« È stata trovata? » chiese accodandosi.

« Non ancora » risposi.

« Allora dove correte? Cosa succede? »

« Non succede niente, Giubilo, vieni con me » gli disse la Preside senza fermarsi.

In segreteria entrarono solo loro due, mentre la bibliotecaria e io restammo fuori.

Dura, che come tutti gli altri stava cercando Piccola, vedendomi ferma in corridoio con la Ordinetti, mi venne vicino.

« Che fai qui? L'hanno trovata? » mi chiese.

Poi arrivò anche Bravo...

« Cosa fate qui? L'hanno trovata? » ci domandò.

Scossi la testa.

Due minuti dopo l'intera scuola era radunata davanti alla porta della segretaria.

« Che succede? »

« L'hanno trovata? »

« Pare di no ».

« Sì, invece, è dentro con la Preside ».

« Chi è dentro con la Preside? »

« Piccola? »

« E Giubilo, allora? Si sente la sua voce ».

E, infatti, si sentiva bella e forte e a un tratto esclamò: « Al Museo? »"

Mirina toccò un braccio a Olga e con gli occhi le indicò Gibòd che dormiva.

« Succede spesso » spiegò Debrìs a voce bassa. « Di notte dorme poco e di giorno si addormenta, il faloppone ».

« Veramente adesso è notte » borbottò Mirina. « E lui si sta perdendo la storia, mi sa che non gli interessava molto ».

« Oh, tutto l'opposto, mia cara! » replicò il professore. « Gibòd non si perderebbe una virgola dei racconti di Olga ».

« Non vi preoccupate, so quando sarà il momento di svegliarlo » disse la giovane Papel.

« Quando sarà ora di tornare a casa? » chiese Mirina.

Olga sorrise e annuì.

« Sarà proprio in quel momento » disse.

Intanto, il fuoco nella malga stava morendo.

Almaris fece per prendere altra legna e si accorse che il cesto era quasi vuoto.

« Abbiamo ancora questo e poi basta » disse il giovane gettando sulle braci l'ultimo ciocco. La compagnia riunita si guardò attorno cercando altro da bruciare, nel caso la tempesta li avesse trattenuti lassù ancora a lungo. C'erano le due panche, lo sgabello da mungitura su cui era seduto Almaris, un avanzo di scopa, un tagliere unto, un paio di zoccoli, due ciotole e un cucchiaio di legno.

« È un bel problema » disse Debrìs.

« Sta finendo anche l'olio nelle lampade » fece notare Bruco. La luce infatti sfarfallava.

« Non voglio restare al buio » piagnucolò Mirina aggrappandosi al braccio di Olga. « Per favore, vai avanti a raccontare, così non penso ai lupi e agli orsi ».

"Avevo sperato che al Museo saremmo andate solo io e la Preside e che la telefonata che doveva fare servisse a chiedere ai miei genitori il permesso per farmi uscire dalla scuola. Sulla telefonata scoprii in seguito d'avere avuto ragione, sul resto...

« Non possiamo andare tutti! » sentenziò Preside Saggia in risposta agli insegnanti che pretendevano di venire.

« Ma io sono la persona da cui è fuggita! » protestò la signora Ordinetti. « Era sotto la mia responsabilità, ho il diritto di sapere! »

« Al Museo l'ho portata io la prima volta » disse Felice Giubilo. « Mi sento responsabile ».

« Tu… tu... Se avessi parlato a voce bassa… » borbottò la Preside.

« Io le insegno matematica e voglio venire lo stesso » esclamò il prof di matematica.

Insomma, per farla breve volevano venire tutti, anche gli studenti.

Dopo una lunga riflessione si stabilì che saremmo andati in quattro: Giubilo, la signora Ordinetti, io e la Preside.

A Dura quella decisione non piacque per niente: fece per pizzicarmi, ma afferrò solo la maglia. Allora, stringendo quella, mi strattonò.

« Chiedile di farmi venire! » sibilò fra i denti.

Pregai la dirigente che permettesse anche a Dura di venire con noi.

« Piccola si fida molto di lei » spiegai.

A quel punto Bravo m'implorò con gli occhi. "E io?" mi diceva. Implorai affinché ci accompagnasse anche lui.

« Siamo i migliori amici di Piccola » dissi, « se vede che ci siamo tutt'e tre forse sarà più invogliata a uscire dal… sì, insomma a tornare nella… Be', ha capito, no? »

La Preside acconsentì e, dopo aver fatto altre due telefonate, partimmo alla volta del Museo.”

VIA DAL MONDO

La fiamma nelle lampade baluginò e svanì.

L'incerto bagliore del fuoco nel caminetto strappava dall'ombra i volti preoccupati di coloro che adesso attendevano in silenzio.

Almaris, seduto storto sullo sgabello da mungitura, si grattava un orecchio; Bruco, accovacciato vicino al cane, lo accarezzava; Mimma, in ginocchio davanti al fuoco, tormentava la brace con l'attizzatoio; Mirina, vicino a Olga, con le mani infilate sotto le cosce, si osservava i piedi nudi allungati sul pavimento; Gibòd e Debrìs, seduti vicini, entrambi con una gamba accavallata, apparivano pensierosi. Debrìs teneva fra i denti una pipa spenta. Tomeo, su una vecchia sedia, si massaggiava lentamente un ginocchio. Mamma pecora e agnellino erano sdraiati vicini.

A momenti alterni la tempesta sembrava cedere un po' del suo vigore, così, quando una raffica tornava a soffiare con rinnovata potenza, o un tuono deflagrava sulla montagna, gli animi stanchi e speranzosi si avvilivano più di prima.

A un tratto Bosso si mise a ringhiare. Era sdraiato col muso per terra; i grandi occhi nocciola erano fissi e concentrati, come se il cane si stesse chiedendo che rumore fosse quello che udiva. Da fuori giungevano sommessi brontolii, versi scomposti, borbottii che di umano non avevano nulla.

Il cane balzò sulle zampe e cominciò ad abbaiare furiosamente.

Bam! fece qualcosa contro i vetri. Il fulgore di un lampo disegnò il profilo preciso e crudele di una zampa armata di unghioni.

Mirina fece per gridare, ma Olga le tappò la bocca. Fissavano la finestra trattenendo il fiato con il cuore che batteva nel petto.

Il rumore delle unghie sul vetro sottile fece accapponare la pelle; ma ancor di più spaventò ciò che apparve dopo: la testa di un grosso orso, in cerca di cibo e forse di un riparo.

Le pecore presero a belare. L'animale le udì e il suo muso si voltò verso la malga.

« Fatele stare zitte! Fatele tacere! » gridò Mimma sottovoce aggrappandosi a Bruco e chiudendo gli occhi per non vedere.

Bosso latrava ferocemente.

L'orso provò a entrare dalla porta, la spinse, la colpì.

Almaris, Debrìs e Gibòd si lanciarono verso la porta e ci si accalcarono dietro, contrastando la spinta con tutta la loro forza, mentre Olga faceva segno a Bruco di aiutarla: insieme sollevarono la panca e la usarono per puntellare l'uscio.

« Ssst, zitti, ora! » sibilò Debrìs, senza quasi aprire la bocca, e con Tomeo si acquattarono sotto la finestra, pronti a respingere l'animale se avesse provato a sfondarla.

L'orso si limitò a guardare dentro. Annusava premendo il naso contro le fessure.

« Cercate il fucile! Mello deve avere un fucile! » sussurrò il professore. Olga gli fece di no con la testa.

« Ora se ne va » disse.

« E se sfonda i vetri? » chiese Mimma in un mormorio.

« Mello vive qui da anni, nessun orso se lo è mai mangiato » rispose la ragazzina. « Loro hanno paura dei cani. Se ora non fugge è perché sa che Bosso è chiuso qui con noi, ma se Bosso uscisse fuori... »

L'orso insisteva ad annusare; si udiva il rumore dell'aria aspirata dalle potenti narici. Fece un altro breve tentativo con la porta e poi sparì.

Nella malga rimasero immobili.

Passarono lunghi minuti.

« Se n'è andato? » chiese dopo un po' sottovoce Mirina.

« Ssst. Forse sì... »

« Ho paura ».

Olga le prese la mano.

« Se Misteriosa fosse qui sarebbe preoccupata? » le chiese la ragazzina tremando.

« Non quanto lo fu al Museo » rispose Olga, e sottovoce, per distrarre la compagnia, riprese il racconto...

“ *Vedendomi arrivare con un così strano seguito, il guardiano del Museo s'insospettì.*

« Tutto bene, signorina? » mi chiese.

Annuii.

« Dobbiamo fare sei biglietti » disse preside Saggia. Si vedeva che aveva fretta. Il guardiano le indicò la biglietteria al lato opposto della stanza e attese che il gruppo si allontanasse per parlarmi.

« Ho visto la ragazzina di cui mi aveva chiesto » mi sussurrò con fare complice. « È arrivata di corsa un'oretta fa, con un umore grigio e pretendeva di non pagare il biglietto ».

'È lei' pensai con un sospiro.

« È andata di là... »

« Grazie » risposi.

« C'è qualche problema? »

C'era, sì. Saltare via dalla realtà è un fatto personale, privato. Posso decidere di farlo di proposito, o lasciare che accada quando sono un po' svagata, ma resta comunque un gesto intimo. Non si fa davanti a una platea che assiste. Sarebbe come proiettare su uno schermo il sogno che si sta facendo. È imbarazzante.

« Ho paura di sì » dissi.

« Come potrei aiutarla? »

Ci riflettei un momento, poi ebbi un'idea...

Facevo strada attraverso le stanze del Museo con la testa che mi pulsava. Come avrei potuto togliermi le scarpe e infilarmi tra la cornice e la tela davanti ai miei professori, ai miei amici, alla nostra Preside?!

'Perché non ho tenuto la bocca chiusa?' mi dicevo battendomi la mano sulla fronte. 'Perché ho parlato? E se saltassi

via anch'io, adesso? Dentro al primo quadro che mi si presenta: via, hop! E arrivederci a Natale!'

« Quale quadro? » mi chiese Preside Saggia.

« Come? » feci sobbalzando.

« Hai detto di sapere in quale dipinto potrebbe essersi nascosta Piccola ».

« Sì, sì, è da questa parte… »

Dura e Bravo mi seguivano senza parlare, frastornati da quanto stava accadendo. Immaginavo i loro pensieri: Piccola che salta, io che lo so e forse salto anch'io, loro che non ne sapevano niente… Per Dura doveva essere un brutto colpo: lei così pratica e concreta, sempre sincera, diretta, trasparente, lei così leale e così intelligente. Come poteva non avere capito? Come potevo, io, non averle detto la verità? Sarei riuscita a spiegarle che il mondo a volte mi faceva paura e che mi vergognavo di ammetterlo davanti a lei, che paura non aveva di niente, che affrontava tutto a testa alta, o a corna basse, come un ariete? Sarei riuscita a convincerla che quelle fughe mi aiutavano a vedere le cose con occhi nuovi, da una diversa prospettiva, a scoprire soluzioni che non immaginavo, a sognare di essere super e a crederci un pochino? Che trovavo esempi da seguire, stimoli?

E Bravo? Ero sicura che a lui sarebbe piaciuto saltare, ma era vietato e Bravo non avrebbe mai infranto una regola. Piuttosto che in un quadro, si rifugiava nei bagni della scuola, o si faceva venire la febbre, il mal di stomaco, un eritema alla pelle. Se trovava un bel libro si rifugiava in quello, nella storia di qualcun altro in cui si identificava e per qualche momento diventava forte, bello, coraggioso, vincente. Essere onesto, colto e buono non gli bastava; cioè, non bastava agli altri, ma per lui era lo stesso.

« Eccolo, è questo » dissi fermandomi davanti alla signora con il cane e le caprette. Il professor Giubilo e la signora Ordinetti si avvicinarono e, uno da una parte e uno dall'altra, senza accorgersene mi calpestarono l'orlo dei calzoni, che strisciava per terra. Ero in trappola.”

Bosso smise di ringhiare. L'orso se n'era andato.

Nella malga emisero un sospiro di sollievo.

« Uff, che tensione! » sbuffò Debrìs tirando fuori un fazzoletto per asciugarsi il collo e la fronte.

« In fondo mi fa pena quel bestione sotto la tempesta… » disse Tomeo.

« Io mi riferivo alla storia! » precisò Debrìs. « Mi mette in uno stato d'ansia… Però, certo, anche l'orso ».

I ragazzi si complimentarono con Bosso. Anche Mirina, che per la prima volta fu contenta di trovarsi in compagnia di un cane.

« Bravo » gli disse. « Diremo al tuo padrone che ci hai salvati e lui ti darà un premio, quando tornerà ». Quel "quando tornerà" innescò una serie di nuovi sospiri. Almaris si sollevò e con poca convinzione andò alla finestra.

« Si vede niente? » gli chiese Gibòd.

Il giovane scosse la testa.

« Mello aveva una lampada con sé? »

« No » rispose.

« Dove sarà andato, benedetto ragazzo... »

« Non lo so » rispose Ari ritirandosi e tornando a sedersi. « Piove un po' meno forte e i lampi sembrano più lontani, ma è tutto buio e le nuvole nascondono ancora le luci del villaggio ».

Per consolare gli animi, Olga aprì lo zaino e alla luce fioca del focolare offrì more, fichi e mirtilli. Fu davvero una consolazione. Mirina mostrò d'aver imparato ad aprire i fichi in due e a mangiarne la polpa.

« Quando ho visto l'orso ho desiderato avere qui un quadro per nascondermici dentro » disse con la bocca colorata di blu.

« Già » sospirò Bruco stirandosi.

LE CAMPANE DI BALICÒ

"Preside Saggia, la signora Ordinetti e il professor Giubilo si chinarono a guardare il quadro da vicino. Bravo sbirciava alle loro spalle. Dura stava lontana, in disparte.

Nella sala c'erano altri due o tre visitatori.

Io ero agitata e non riuscivo a pensare.

« Non vedo nulla! » disse la Ordinetti sollevandosi.

« Ma sì, forse… » borbottò il professore concentrandosi.

« Sono troppo vecchia, un tempo forse avrei saputo vedere » concluse la Preside sollevandosi anche lei. Il suo sguardo si concentrò di nuovo su di me.

« Allora, come avviene questa cosa? » mi chiese. « Io non me lo ricord… ehm, volevo dire, io non lo so proprio. C'è un qualche tipo di rito, oppure… »

'Arriva, arriva, arriva!' imploravo disperata dentro di me.

E finalmente, eccolo!

« Signori, un attimo di attenzione prego » disse il guardiano entrando.

Tirai un sospiro di sollievo. Avevo temuto che fosse stato bloccato all'ingresso e che non sarebbe venuto a salvarmi.

Non sapevo che piano avesse in mente, cosa avrebbe inventato per distrarre l'attenzione da me. Pensai: 'Chiederà ai presenti di uscire improvvisando una scusa, tipo che una squadra di scienziati ha appena scoperto che i colori di questi dipinti emanano gas nocivi che fanno cadere i capelli, o che la madre di un giovane visitatore ha appena telefonato per dire che suo figlio ha preso i pidocchi al Museo'. Invece si mise a ballare.

Proprio così, il pingue, sessantenne guardiano del Museo cittadino più importante della regione si portò al centro della sala e, davanti agli occhi sbigottiti dei visitatori, in un silenzio imbarazzante, attaccò a danzare.

Sembrava un ippopotamo. Lo avrei abbracciato.

Invece, approfittando del fatto che nessuno badava più a me, mi tolsi le scarpe e andai a riprendere Piccola: era nel quadro, l'avevo vista."

Olga s'interruppe e tese l'orecchio.

« Sono le campane di Balicò » disse spalancando gli occhi.

« Davvero? Io non sento niente » fece Debrìs.

Parlavano piano, a voce bassa, perché Gibòd, stravaccato sulla panca, dormiva ancora. Le braci nel caminetto riverberavano sul suo volto disteso, evidenziandone il respiro calmo.

« Suonano a distesa! » osservò Bruco.

« Cosa vorrà dire? » domandò Mimma.

E
F
G

Cc

« Intanto, che al villaggio sono vivi » rispose Almaris sollevato. « Almeno lo è don Sero ».

« Credi che sia lui a suonare così? » chiese di nuovo Mimma.

« Poco ma sicuro. Don Sero non farebbe toccare le sue campane neanche al Padreterno in persona se glielo chiedesse ».

« Forse tentano di avvisarci che stanno venendo a prenderci » disse Tomeo.

« Ora? » fece Bruco. Non sembrava tanto felice. A testa bassa, strisciando i piedi per non inciampare al buio, andò ad aprire la porta per vedere se qualcuno fosse in arrivo. « Non piove più » disse senza emozione. A Mimma, ad Ari e a Debrìs sfuggì un sospiro.

« Io vorrei sentire la fine della storia » ammise Mirina, dando voce al pensiero di tutti. « Vorrei sapere cosa succede a Piccola ».

« Già, ehm, già » fece Debrìs, « peccato interrompere proprio adesso ».

« Forse, però, prima dovremmo rispondere al segnale e avvisare che anche noi siamo vivi e che siamo qui » suggerì Olga.

« E come? » chiese Bruco. « Come intendi avvisarli? »

La ragazzina si alzò, prese il catino che era servito per dare da bere a Bosso e nella mezza oscurità trovò il vecchio cucchiaio appeso al muro. E uscì. Camminò fino al bordo del pianoro, dalla parte che dava sul villaggio, e nel buio della notte prese a suonare il catino col cucchiaio.

Beng! Beng! Beng!

« Credi che ci sentiranno? » le chiese Almaris, che nel

frattempo l'aveva raggiunta. Gli altri osservavano dalla malga.

« Non lo so » rispose la ragazzina. E riprese a suonare il catino con forza, mentre Almaris rideva e si tappava le orecchie.

« Speriamo che abbiano sentito » disse infine la bambina fermandosi con le braccia stanche e le orecchie sorde. Fece per rientrare, ma Ari l'afferrò per le spalle e la trattenne.

« Grazie per la storia » le disse, guardandola negli occhi, « ci ha tenuto compagnia e ci ha aiutato a trascorrere questa diavolo di una giornata ».

Olga annuì e gli sorrise.

« Però, aspetta! Non è solo per conoscere la fine della storia che spero che i soccorsi non arriveranno troppo presto... »

« Venite dentro che potrebbe tornare l'orso! » li chiamò Mimma dalla finestra.

« No, no, quale orso? Aspetta, Olga, devo parlarti! » insistette Almaris arrossendo. Stringeva le sottili spalle della ragazzina con le sue mani forti da ragazzo, mentre cercava le parole. « Io... insomma, tu... ecco... vorrei che noi... che tu e io... fossimo... diventassimo... stessimo... »

« Suonano » gli disse Olga.

« Cosa? »

« Le campane, suonano di nuovo ».

« Quali campane? »

Olga, con un dito, gli indicò il villaggio: qualcuno aveva sentito e rispondeva con rintocchi festosi.

« Guardate che se arrivano l'orso o i lupi nessuno di noi verrà a salvarvi! » strillò Mimma dalla malga.

Da dentro si udì un quasi impercettibile: « Io ci vado, mi sono simpatici. E voglio sentire il resto della storia ». Era Mirina.

Bosso attaccò ad abbaiare.

Dal bosco giunse un fruscio.

« Chi è là? » gridò Almaris.

« Sono io » rispose la voce di un uomo.

« Mello? »

Il pastore comparve alla luce di una fievole luna, sbucata per un attimo tra le nuvole in movimento.

I due ragazzi gli andarono incontro.

« Sei tu! » esclamò Ari.

« È tornato Bosso? » chiese il pastore. « Lo sento abbaiare ».

« Sì, sì! È arrivato bagnato fradicio poco dopo che sei uscito e ha portato le pecore e Gibòd! »

« Gibòd? »

« Ma sì! L'ha salvato e se l'è portato dietro. E non è arrivato solo lui. Vero? »

Olga annuì.

« È stata una notte pazzesca! » continuò Ari. « Ma tu dove sei stato? »

Un turbine di lana bianca irruppe nella conversazione. Mimma aveva liberato il cane.

« Vai dal tuo padrone » gli aveva detto dopo aver assistito all'incontro dalla finestra.

Mello fu sopraffatto dalle feste di Bosso.

« Un cane da guardianìa non dovrebbe affezionarsi

così al padrone » disse ridendo, « ma tra me e te c'è un rapporto speciale, vero, Bosso? »

Tornarono verso la malga. Un attimo prima di entrare Ari afferrò Olga per una mano.

« Volevo dirti che se fossi stato io, al posto di Selvatico, non avrei fatto la corte a Dura » le sussurrò all'orecchio.

Olga trasalì, ma non ebbe tempo di replicare, perché nel frattempo Ari era rientrato e condivideva con gli altri la gioia di rivedere Mello sano e salvo.

IO VADO. VIENI CON ME?

Nella malga, rischiarata dalla luce bianca della luna, gli umori erano alti.

Mello avrebbe voluto portare mamma pecora e l'agnello nell'ovile, assieme a Bosso, quello era il loro posto, ma qualcuno protestò e chi lo fece con più ardore fu Mirina.

« Lasciali qui, sono sempre stati con noi! » pregò la ragazzina. « Bosso ci ha anche difeso! »

Al pastore venne raccontato l'episodio dell'orso.

« È un vecchio maschio che viene spesso a trovarci » spiegò lui.

« Questo non toglie che Bosso sia stato bravo » insistette Mirina. « Non merita d'essere allontanato. Vorrà sentire anche lui la fine della storia, vero, Bosso? »

A quelle parole Gibòd si svegliò.

« Fine della storia? » disse grattandosi la pancia. « Di già? Mi sono perso la parte che mi piace di più? »

« No, stia tranquillo, non sono ancora arrivata a quel punto » lo rassicurò Olga, che ben conosceva a cosa si riferisse Gibòd.

L'uomo fu felice di rivedere Mello, che raccontò d'aver trovato riparo sotto un telo, forse volato via da una legnaia.

« Come Piccola! » esclamò Mirina. « Solo che lei non è riparata *sotto un telo*, ma *sopra una tela*! Vero? »

Olga sorrise e annuì...

"Mi ritrovai di nuovo a nuotare fra i puntini colorati che illustravano la signora a passeggio.

« Aiuto! Aiuto! Annego! » gridava Piccola in mezzo a una macchia color grigio basalto (l'occhio della capra).

« Non puoi annegare in un disegno » le dissi raggiungendola.

« Lo so. Stavo giocando. Come mai sei qui? »

« Sono venuta a prenderti ».

« Perché? »

« Perché sei sparita da scuola e adesso sono tutti preoccupati per te ».

Piccola piroettava fra i puntini, li beveva e li sputava, creando fontanelle colorate, faceva capriole, dava grandi bracciate, batteva i piedi...

« Finirai per rovinare il disegno » le dissi.

Fece spalluccia.

« Entrerò in un altro » rispose.

« Sarà meglio che andiamo, invece ».

« Vai tu, io non vengo ».

« Non posso andarmene senza di te, la Preside aspetta qui fuori ».

Piccola si fermò di colpo e mi guardò stupita.

« Cosa stai dicendo? » mi chiese.

« Preside Saggia è qui fuori che ci aspetta » risposi.

« L'hai portata qui? »

« Ho dovuto! Te l'ho spiegato, erano preoccupati per te e dopo che ti abbiamo cercata dappertutto… »

« Erano chi? Hai parlato della Preside! »

« Non c'è solo lei, siamo venuti in tanti a cercarti. Ma scusa, non li vedi? » Accennai alla stanza.

« Non li vedo dove, dove dovrei vederli? »

« La fuori, nella realtà! »

« Sono fuggita dalla realtà per non vederla ».

« Cioè non vedi cosa succede fuori dal quadro? »

« No ».

« Non vedi il guardiano che balla e gli altri che lo guardano? »

« No-ooo! »

« E cosa vedi? »

« Niente, te l'ho detto ».

« È impossibile! »

« Oh, che noia! Non dovevi andare? »

« Non senza di te ».

« Io non esco » ribatté Piccola. « Ora che mi hai detto che sono là fuori ad aspettarmi, poi, figuriamoci! »

« Prima o poi dovrai uscire ».

« E chi lo dice? Ci sto tanto bene qui ».

« Stai qui perché hai paura ».

« Io? Paura? E di cosa? »

« Di uscire, di affrontare la Preside, di essere sgridata,

di tornare a scuola a fare un lavoro che credi di non essere capace di fare ».

« Non è vero ».

« Allora dimostramelo, esci con me ».

« Non ci penso nemmeno! » E si allontanò nuotando a rana verso una zona rosa geranio.

« Piccola! » la chiamai.

Il guardiano, stanco e col fiatone, smise di ballare."

Bosso scattò in piedi.

« Ha sentito qualcosa » disse Bruco.

« Sarà tornato l'orso? » chiese Mimma.

« Oppure sono arrivati i soccorsi ».

Mello aprì la finestra per sentire se si udissero delle voci, mentre dentro facevano silenzio.

« Non si sente niente » mormorò dopo qualche istante. Poi, però, sorrise e con la testa accennò a qualcosa che doveva trovarsi fuori.

« Niente soccorsi » disse. « Sono loro… »

Almaris lo raggiunse e guardò anche lui.

« Uao! » esclamò sottovoce, e con rapidi gesti chiamò a sé Olga.

Incuriositi, anche gli altri si accalcarono dietro la finestra: due lupi esploravano lo spazio al limitare del bosco.

Presi da quella visione, nessuno si preoccupò di fermare Mirina dal gridare e lei, semplicemente, non gridò. In punta di piedi, stretta fra Bruco e Mimma, osservava ammaliata.

La coppia di lupi avanzò circospetta nello spazio

aperto; poi uno dei due si fermò e guardò indietro: sembrava aspettare qualcuno che restava nascosto. Poco dopo un altro lupo, una femmina, uscì dal bosco, seguita da quattro cuccioli e da due adulti.

« Il branco si sposta » sussurrò Mello.

« Li conosci? » gli chiese Almaris sottovoce.

« Sì, è il branco di Grigio. Spostano i cuccioli. Probabilmente la loro tana si è allagata ».

« Grigio è quello, il primo? »

« No, è l'ultimo in fondo. Lui sta spesso lì, chiude la fila. Bazzica questa montagna da quando era giovane, deve conoscerne ogni anfratto e ora starà conducendo i suoi in un luogo asciutto e sicuro ».

I ragazzi si voltarono a guardare Olga ricordando quello che aveva detto nella grotta: "Come hai scoperto questo posto?", "Me lo ha insegnato un lupo" aveva risposto.

« Sono pericolosi? » chiese Mimma.

« Solo per le pecore e gli agnelli. Ma da quando io e Bosso seguiamo il gregge non ci sono stati attacchi. Solo una volta ho dovuto sparare in alto ».

« In alto? »

« Non ammazzo lupi, io, non ce n'è bisogno ».

Mirina era la più silenziosa. Avrebbe voluto fare alcune domande e dire che i cuccioli le facevano tenerezza, che la commuoveva vederli seguire la madre così attenti e fiduciosi, mettere le loro zampe dove le metteva lei, a un'ora in cui i piccoli di solito dormono... Ma era troppo emozionata per parlare.

Olga le fece spazio perché potesse vedere bene.

Il branco sfilò leggero e silenzioso sul costone. Nella

notte limpida, pulita dalla pioggia, la sagoma snella dei lupi si stagliava contro la luce della luna.

Dentro, restarono a guardarli finché il branco sparì oltre il pianoro, oltre le rocce che svettavano sopra la valle. Solo a quel punto Mimma si ricordò di Mirina: di scatto si voltò a guardarla.

« Belli, vero? » le disse la ragazzina sorridendo.

Mimma annuì.

« Quattro cuccioli: mica male! » fece Almaris. « Il branco si allarga ».

« È possibile che non sopravvivano tutti » spiegò il pastore.

Mirina si allarmò.

« Vuoi dire che alcuni moriranno? »

« Capita ».

« E di cosa potrebbero morire? »

« Malattie, incidenti. Un cucciolo ferito o malato non può seguire il branco e la madre deve abbandonarlo ».

« È la selezione naturale: sopravvivono solo i più sani e i più forti, così la specie evolve e si rafforza » spiegò Bruco.

« Mi fa pena lo stesso » borbottò Mimma. Mirina la pensava come lei, infatti le andò vicino e le prese la mano.

« A me quelli sembravano belli e forti » le disse. « Non credo che moriranno. Ora, però, prima che arrivino a prenderci, vorrei sapere di Misteriosa: riuscì a convincere Piccola a uscire? »

« Ci provò con tutte le sue forze » disse Olga. « Se non che capitò un nuovo problema… »

METTI IL MONDO IN TASCA

"Piccola alterava l'ordine dei puntini.

« Non agitarti così, rovinerai tutto! Allora, sì, che saremo nei guai! » le dissi.

« Finché starò qui dentro non ci sarò mai più, nei guai! » mi rispose rimestando i colori da una parte e dall'altra.

« Fermati! Ci guardano, vedranno quello che stai facendo! »

« Non me ne importa un fico secco! »

« Senti...? Senti cosa dicono...? »

In piedi davanti al quadro, un gruppo di persone, fra cui la nostra dirigente, borbottavano interpellandosi a vicenda.

« Lo vedete anche voi oppure ho le traveggole? » diceva un visitatore con il naso rosso e un maglione giallo.

« Sembra che il disegno si muova » rispondeva un altro con l'ombrello appeso al braccio.

Preside Saggia scrutava in silenzio. 'Cosa stanno combinando quelle due?' doveva pensare tra sé e sé, cominciando ad arrabbiarsi sul serio.

I colori presero a mescolarsi.

« A quel cane si sta spostando il naso » disse il tipo col naso rosso.

« E la capra? Non si capisce più se sia una capra o un dromedario, le sta venendo la gobba » rispose l'altro con l'ombrello. D'un tratto gli spettatori aumentarono...

« Oh, mamma! » esclamai.

« Che c'è adesso? »

« C'è che c'è mia mamma! E anche tua mamma! E mio padre! E il tuo patrigno! »

« Vaneggi, i miei lavorano a quest'ora » rispose Piccola distratta dai suoi giochi.

« Ti dico che sono qui! La scuola li ha avvisati e loro sono venuti! »

« E allora? Siamo al sicuro, rilassati » fece lei, dando due bracciate a dorso. « Non può succederci niente ».

« Ma dovremo uscire, Piccola! Lo vuoi capire sì o no? E dovremo farlo davanti a tutta quella gente! »

« Tu dovrai farlo. Io no ».

« Io, io, io, sempre io! Non esisti altro che tu! »

Piccola sbuffò e s'immerse.

« Non puoi vivere qui per sempre, Piccola, lo sai benissimo! » le gridai inseguendola.

« Hai ragione. Quando mi stuferò cambierò quadro, te l'ho detto » rispose scrollandosi i capelli dai puntini colorati.

« Ssst, zitta! Tua madre ci guarda da vicino! »

« Tranquilla. Si starà specchiando per ritoccarsi il rossetto. Mia mamma non mi vede neanche quando le sto seduta davanti a tavola ».

« La mia sarà furibonda ».

« Perché ha scoperto che salti? »

« No, questo lei lo sa già ».

« Allora perché? »

« Perché invece di essere qui dovrei essere a scuola ».

« Oh, lasciala fare ».

« No, esco, invece. Se vuoi venire con me bene, se no ti saluto ».

« Ciao, ciao » mi disse Piccola.

Mi avviai verso la cornice stufa di quella situazione, stufa dei capricci della mia amica. 'Meglio la realtà!', mi dissi. Avrei preso un castigo, sarei stata cacciata dalla scuola, i miei non m'avrebbero rivolto la parola per mesi... 'Pazienza', pensai, mentre mi lasciavo Piccola alle spalle. 'Meglio fuori che dentro. Non si può essere felici in un luogo dove si è costretti a stare per timore di affrontare quello che c'è fuori. Un giorno lo capirà anche lei...'

« Aspetta! » sentii chiamare.

Mi voltai.

« Allora, hai cambiato idea? Vieni con me? »

« No » mi disse Piccola. « Resta tu, qui, con me ».

« Non posso » risposi.

« Ti prego ».

« No ».

« Non lasciarmi sola, Misteriosa ».

« Se vieni con me non sarai più sola ».

« Non posso venire con te ».

« Perché non puoi? »

« Perché hai ragione tu, ho paura ».

« Di cosa? »

Con un gesto secco del mento, Piccola accennò alle persone fuori dal quadro.

« Allora li vedi! » dissi.

« Se voglio, sì ».

Le andai vicino e guardai quello che fissava lei: occhi indagatori frugavano nel dipinto come potenti fasci di luce in cerca dei fuggiaschi.

« In effetti hai ragione » ammisi sorridendo, « fanno un po' paura ».

« Non posso affrontarli » rispose lei seria.

« Non ti faranno niente, Piccola. Sono tutte persone che ti vogliono bene ».

« Sì, ma non mi capiscono e io non capisco loro. Non capisco nessuno! E nessuno mi capisce! »

« Succede anche a me, a volte. E quando mi succede penso che forse dovrei parlare di più per farmi capire meglio e ascoltare meglio per comprendere gli altri. Tante cose di questo mondo ancora mi sfuggono, ma ci sto lavorando, sai, e un paio di nodi li ho risolti ».

« Per esempio? »

« Oh, be', recentemente ho scoperto che mio padre e mia madre non sono nati genitori, ma bambini, come noi. Forte, no? Per quanto sembri strano, hanno provato gli stessi sentimenti che provo io ora, e anche adesso si spaventano come me, soffrono come soffro io e sbagliano come sbaglio io. Sono esseri umani! Fa un certo effetto sentirlo dire, lo capisco. Uno

crede che i genitori appartengano alla razza "genitori". Invece no, sono fatti della stessa materia di cui siamo fatti noi ».

Piccola ascoltava.

« Papà sostiene che anche studiare serve. A me, a Pau e a Ruben dice sempre: "Studiate, ragazzi miei, studiate tanto e vedrete che il mondo vi starà in una tasca". Su questo, però, stiamo ancora indagando ».

Rimase in silenzio. Osservava i visi dei suoi genitori che, come chi guarda attraverso uno specchio, senza vederci ci fissavano.

« Come posso studiare qualcosa che mi spaventa? » mormorò.

« Lo so io » dissi. « Vieni qui… »

Ci nascondemmo dietro un puntino giallo e da lì guardammo fuori. « Cosa vedi ora? » le chiesi.

« Vedo giallo » disse lei.

« Cos'è diventato giallo? »

« Le facce delle persone sono gialle, giallo canarino! »

« Ora prova così… » Mi nascosi dietro un puntino verde e lei fece lo stesso.

« Adesso sono verdi! » esclamò divertita.

« Già, vermi verdi! » dissi. « E così? » Nuotai dietro un puntino rosso.

« Così sono rossi, rossi peperone! » Scoppiò a ridere. « Il naso di quel signore sta andando a fuoco! Ah! Ah! Ah! »

Diventò un gioco frenetico.

Facevamo a gara a chi vedeva il mondo attraverso più colori.

« Giallo tuorlo d'uovo! »

« Viola barbabietola! »

« Arancione carota! »

« Verde cimice! »

« Marrone cacca! »

« Nero liquirizia! »

E ridevamo come matte.

Finché, esauste, ci fermammo.

« Così è divertente, no? » dissi col fiatone.

« Sì » rispose lei. E mi abbracciò.

Le sussurrai: « Sai cosa dice mio fratello a mia mamma, quando la vede andare in sollucchero per un attore o un'attrice, o agitarsi davanti a una persona importante? Le dice: "Ricordati che anche loro fanno la cacca" ».

Scoppiammo a ridere di nuovo.

« Facciamo tutti la cacca, Piccola » continuai. « E visti attraverso il colore giusto diventiamo ridicoli e simpatici ».

Mi guardò scettica.

« Va bene, quasi tutti » precisai.

Fu un'altra risata assieme."

« Signor Gibòd, è ora » disse Olga sfiorando il braccio dell'uomo che s'era appisolato di nuovo.

« Come? » fece lui ripigliandosi.

« Scusi, se l'ho svegliata, ma ci siamo... »

« Oh, che bello! Grazie! »

Al signor Gibòd piaceva quando il protagonista della storia si rimetteva sulla strada di casa per fare ritorno sano e salvo. Era la parte del racconto che non voleva mai perdersi, per nessuna ragione.

« Oh, non dormivo » disse strofinandosi gli occhi.

« Come no » borbottò l'amico Debrìs.

In quel momento la porta della malga si aprì.

Una figura scura, ferma sull'uscio, sbirciò dentro e si mise a contare: « Uno, due, tre, quattro, cinque, sei e sette: ci siete tutti ».

« Sì! » rispose Debrìs.

« Molto bene » fece don Sero.

Gli andarono incontro a braccia aperte.

« Ti ringraziamo moltissimo per essere venuto! Ma da dove sei salito? »

« C'è qualcun altro con lei? Qualcuno che deve ancora arrivare? » gli chiese Almaris.

« No, ho preferito venire solo. Doveva essere un giro di perlustrazione e invece sono riuscito a salire fin qui ».

Il parroco entrò e si lasciò abbracciare.

Era vestito da montagna, con un vecchio paio di calzoni di fustagno, gli stessi scarponi di quando era giovane, una camicia a scacchi sotto un pullover pesante e una spessa giacca a vento. Roba vecchia di quarant'anni, che don Sero continuava a indossare quando andava a camminare.

In gioventù era stato un abile scalatore e, seppure adesso non scalasse più, aveva mantenuto la passione per le scarpinate ardite, e il fiato e il fisico per affrontarle.

« La situazione è brutta, ma non drammatica. C'è stato qualche ferito, niente di grave » disse. « Credo che potrete scendere senza altri aiuti ».

« Tu parli da esperto, ma noi... » obiettò Debrìs.

« Ce la farete anche voi ».

« Al buio? »

« Ho portato due torce. Andiamo ».

« Subito? Così su due piedi? »

Fra Tomeo, Gibòd, Mimma, Bruco, suo padre, Mirina e Almaris ci fu un rapido scambio di sguardi.

« E la storia? » chiese Mirina.

Don Sero d'istinto si voltò verso Olga.

« Ve la racconterò strada facendo » rispose la ragazzina.

Raccolsero ciascuno le proprie cose, infilarono calze e scarpe e a quel punto si ricordarono che Mirina aveva solo un paio di sandali, ridotti, peraltro, in uno stato pietoso.

Don Sero scosse la testa.

« Mi chiedo come abbia fatto ad arrivare quassù » brontolò sconcertato. Mirina in risposta volse lo sguardo verso Mimma, Bruco e Almaris.

« Mi hanno aiutata loro » disse. « Avrei dovuto pensarci e procurarmi scarpe più robuste per venire qui, ma in famiglia siamo poco pratici. Ora, ho imparato ».

« Siamo lo stesso nei guai » replicò il parroco. « Non puoi scendere con quelli. Hai mica delle pelli? » chiese a Mello. Il pastore annuì.

Con un coltello, della lana e dello spago, i due uomini improvvisarono, intorno ai piedi di Mirina, delle calzature che, speravano, l'avrebbero protetta dal ferirsi durante la discesa.

« Tu zoppichi! » fece poi il parroco a Tomeo notando che Gibòd e Almaris la sorreggevano.

« Ce la faccio a camminare, davvero, non è niente di

grave » si difese lei. « Piuttosto, per curiosità, che ore abbiamo fatto? »

« La campana ha da poco suonato la mezzanotte » ricordò Bruco. E immediatamente guardò don Sero. « Chi suona le campane? » gli chiese stupito.

« Ho lasciato il compito a Clelia » rispose questo a mezza voce.

I ragazzi sgranarono gli occhi: don Sero aveva lasciato le sue campane alla perpetua per andare a salvare loro?

« Ma allora anche lei ha un cuore! » scherzò Almaris. Il parroco tentò di raggiungerlo con una sberla, ma lo mancò.

« Vi accompagno » disse Mello. « Porto le pecore all'ovile e tengo con me Bosso ».

Uscirono e respirarono l'aria della notte, mentre Mello si tirava dietro la porta della malga.

« La discesa è ripida e accidentata, perciò vado avanti io che l'ho appena fatta » disse il sacerdote. « Tomeo, dammi la mano che ti aiuto; Mello, tu chiudi la fila ».

« Bene » disse il pastore.

IL RITORNO

La discesa lungo la frana si rivelò più complessa e pericolosa di quanto avesse detto il parroco. Scendevano alla luce diafana della luna e a quella fugace delle torce, lungo un dirupo fangoso; gli unici appigli disponibili erano le radici degli alberi, strappati alla montagna, e alcuni massi.

Perfino Bosso faticava. Da un po' non andava più avanti e indietro; stava vicino a Mello e i due si aiutavano a vicenda.

« Metti un piede qui, ce la fai? » Don Sero indicò un appoggio a Tomeo e lo illuminò con la torcia.

« Non so dove attaccarmi » rispose lei in difficoltà. « Non potremmo riposarci un momento? »

« Non è il posto migliore. Magari solo un minuto ».

« Sì, sì, grazie, giusto per riprendere il fiato un attimo ».

La piccola colonna, aggrappata alla montagna, si fermò.

Bruco, che veniva subito dopo Tomeo, appoggiò il sedere sul fango e puntò i piedi contro un masso. Sopra di lui, Mirina si teneva stretta a una grossa radice che pendeva nel vuoto; Mimma aveva trovato una seduta quasi comoda su una cunetta che s'era formata nel terreno al passaggio dei primi. Più su, Olga sembrava uno stambecco: in piedi, sopra uno sperone di roccia, osservava i profili scuri della valle.

« Che calma c'è di nuovo, eh? » disse Almaris, seduto accanto a lei con le gambe penzoloni nel vuoto. « Gli allocchi riprendono a cantare, li senti? E le civette... E questo è un usignolo ». Richiami notturni echeggiavano nell'aria azzurrata. « Staranno facendo l'appello per sapere chi è sopravvissuto: "Ci siete? Siete vivi?" si staranno dicendo ». Olga abbassò lo sguardo sul giovane: stavano pensando la stessa cosa. « Le madri staranno soccorrendo i figli, le coppie si staranno cercando, qualcuno avrà già ricominciato a fare il nido e chi è ferito... »

« Lo cercheremo » disse la ragazzina.

Lui, contemplando il panorama, annuì, come fosse stata la cosa più naturale da fare, come se l'avessero sempre fatta insieme.

« Hai mai avuto paura di affrontare la realtà? » le chiese all'improvviso.

Olga si strinse nelle spalle.

« Sei una creatura misteriosa, Olga di carta, l'ho sempre pensato » disse il giovane, e sorrise.

« Siamo pronti? » chiese don Sero dal basso.

Tomeo prese un respiro profondo.

« Sì » disse, facendosi coraggio.

« Allora, di cosa parla la tua storia, Olga? Racconta un po' » incitò il parroco con tono allegro. « Le storie sono preziose compagne di viaggio ».

“Prima di uscire dal quadro, proprio quando eravamo lì lì per saltare fra la tela e la cornice, Piccola mi afferrò per il maglione e mi trattenne.

« Se tu non fossi venuta a prendermi non sarei mai potuta uscire » disse.

« Ah, figurati, ce l'avresti fatta comunque » risposi.

« No, davvero. Non vedevo più l'uscita ».

« Vuoi dire che non vedevi più la linea che separa la realtà dalla fantasia? »

« No ».

« Succedeva anche a me quand'ero più piccola, perché allora non conoscevo la differenza fra l'una e l'altra ».

« Adesso la riconosci sempre? »

« Sì ».

« Non ti succede mai di confonderti? »

« No, non più ».

« E come fai? » mi chiese Piccola.

« Apprezzo la realtà senza dimenticare la fantasia e viceversa ».

« Apprezzi la fantasia senza dimenticare la realtà? »

« Esatto ».

« E ci riesci sempre? »

« Sì, perché nella realtà ci sono cose per cui, per me, vale sempre la pena tornare ».

« Come per esempio? »

« Gli amici ».

« Già, è vero ».

« E il mio gatto, i miei fratelli, anche se ogni tanto rompono,

papà e mamma, anche se ogni tanto rompono anche loro, il sole che mi scalda quando ho freddo, la festa di compleanno, il ragazzo che mi piace… »

« E chi è? »

« Non te lo dico ».

« Chi è, dimmelo! »

« No ».

« Se non me lo dici, ti perseguiterò giorno e notte ».

« Di notte dormi ».

« Ti preeegooo… Ah, aspetta, lo so, è quel ragazzo, quello bello, Selvatico! »

« No, a lui piace Dura ».

« Allora chi è, dimmelo! »

« Indovina… »

Uscimmo senza accorgercene, davanti agli sguardi esterrefatti di amici, parenti ed estranei col naso rosso e un ombrello appeso al braccio.

Il guardiano riuscì a tenere nascosto l'accaduto alla direzione del Museo e così mantenne il posto e io la possibilità di tornarci.

Non fui messa in castigo per due ragioni: la prima è che fu riconosciuto che fossi in missione per conto della scuola e di Preside Saggia, la quale, mentre noi eravamo nel quadro, dovette dire qualcosa ai genitori di Piccola, che li indusse ad abbracciare la figlia e a tacere.

Neppure lei fu messa in castigo e il rapporto con la sua famiglia da quel giorno migliorò. Piccola smise di essere "la nostra fragilina" e loro smisero di essere "quei rompi dei miei".

La seconda ragione è che a mia madre quasi venne un colpo quando vide che i vestiti che indossavo tutt'a un tratto mi stavano quasi giusti. Non erano ancora esattamente della mia taglia (non lo furono mai), ma, insomma, sembravano quasi i miei.

Mamma era così felice che diede un bacio a papà. E lo ringraziò come fosse merito suo; mamma ringraziava sempre papà quando un grosso problema si risolveva da sé.

Comunque, il giorno dopo, a scuola, io e Piccola fummo convocate in direzione.

Mentre attendevamo di entrare, Piccola tremava di paura.

« Azzurro! » le sussurrai ridendo.

« Cosa? » fece lei.

« Azzurro! Viola! Giallo! Verde! » dissi.

Si mise a ridere.

« Rosa maialino! » rilanciò a voce bassa.

« Bianco margherita! » dissi, simulando occhi sognanti.

« Grigio calzino! »

« Arancio mandarino! »

« Avanti » disse la voce dall'interno.

Ci ricomponemmo.

« Pronta? » dissi allungando una mano.

Lei annuì sfiorando le mie dita con le sue.

Prendemmo un bel respiro ed entrammo.

« Allora, è andato tutto bene ieri? » ci domandò Preside Saggia.

« Sì » risposi io.

« Avete avuto delle difficoltà? »

« In che senso? » chiesi.

« Così, in generale. Entrare in un quadro, avventurarsi nella fantasia… è stato difficile? »

« Andiamo, lei sa che sono una che salta » dissi.

« Anch'io » ammise Piccola con un filo di voce.

« Già. E non pensate che alla vostra età sarebbe ora di smettere? »

« Non lo so, forse » risposi.

Preside Saggia sollevò un sopracciglio.

« Sicura? »

« No » ammisi. « In verità penso che non si dovrebbe mai smettere di fare un saltino nella fantasia, di tanto in tanto. Penso che dovrebbero farlo tutti ».

« L'importante è non perdere di vista la realtà » aggiunse Piccola, vincendo la paura.

« Pensate che esista un modo per impedirvi di saltare? »

« In tutta onestà, signora? » dissi. « No ».

« Lo immaginavo » rispose lei.”

Tomeo perse l'appiglio e scivolò.

« Attenzione! » gridò Almaris.

Il parroco si voltò in tempo per afferrarla.

« Uh, povera me. Scusa, mi dispiace » disse la barbiera cercando di ricomporsi e di trovare un assetto stabile. « Manca ancora molto? »

« Siamo in fondo » disse don Sero. « Questa era la parte più difficile ».

Un po' alla volta giunsero dove un tempo c'erano le vasche. Tutto era sparito, sepolto sotto metri di terra. La frana aveva cancellato ogni profilo conosciuto: la zona ristoro, il tavolo, il ponte sul torrente, le rocce contro la montagna, il passaggio segreto, non c'era più niente.

Il torrente, solo quello c'era ancora. Spuntava da sotto un dosso che s'era formato nella notte.

« Da qui in avanti scenderemo seguendo il Sarco » annunciò don Sero e, seppure non fosse una buona notizia, perché significava che la strada non era più praticabile, fu consolante sapere che il vecchio rivo si era salvato. Il gorgoglio familiare della sua acqua che scorreva vivace verso valle, riverberando i raggi della luna, fu un toccasana per gli umori.

La rigorosa fila indiana, adottata per scendere lungo la parete franata, si sciolse e la compagnia si sparpagliò sulla riva erbosa del torrente.

Il parroco continuava a occuparsi di Tomeo, facendole strada con la lampada. Vedendola impacciata, Mirina le offrì la mano e questa volta fu una mano salda.

« Grazie, cara » le disse la barbiera.

Debrìs e Gibòd camminavano fianco a fianco, prestandosi aiuto a vicenda. Mimma seguiva Bruco lungo il sottile percorso che il giovane creava calpestando l'erba.

Ari seguiva Olga.

All'incrocio con un sentiero, lei si fermò.

« Io vi lascio qui » disse.

« Cosa? » fece Almaris sorpreso.

« Da qui arrivo a casa mia » spiegò Olga.

« Ma al buio… »

« Vieni con noi al villaggio, poi ti accompagneremo al fiume » propose Gibòd.

« Sì, sì, per carità! » esclamò Debrìs.

Don Sero non disse niente, ma si vedeva che non era contento.

« Conosco bene la strada » spiegò Olga sorridendo. « Mi evita di attraversare il fiume; a quest'ora il signor Cod dorme ».

« Cod dorme? Oh, questa poi è bella davvero! Cod non dorme! Nessuno dorme stanotte! Dopo quella scampanata in risposta ai rintocchi di Olga sul catino, mi aspetto che siano tutti svegli ad aspettarci. Anzi, mi aspetto di trovarli già per strada! » si augurò il professore.

Bruco e Mimma si astennero dal commentare. Conoscendo Olga, consideravano già un successo che avesse avvertito. Di solito spariva senza dire una parola, come un fantasma.

« Ti accompagno » disse Almaris.

« No, grazie, non c'è bisogno. Valdo mi verrà incontro » rispose lei.

« Ma non si vede niente! »

« C'è la luna ».

« Io vengo con te ».

« No » intervenne il parroco cingendo con un braccio le spalle del ragazzo. « Pur apprezzando la tua buona volontà, non mi pare il caso che ti allontani ancora. Se tuo padre non ti trova quando scendiamo, il cielo ti salvi ».

« Vengo io con te » disse Mello.

« Ecco, questa mi pare un'idea decisamente migliore » convenne Debrìs. Mello aveva una torcia, era esperto e nessuno lo aspettava in paese.

Almaris guardò Olga.

« Ci vediamo domani? » le chiese languido.

Lei fece di sì dolcemente con la testa.

Era il momento dei saluti e tuttavia nessuno sembrava voler prendere l'iniziativa. Olga guardava gli amici un po' imbarazzata e loro, immobili, fissavano lei come aspettandosi qualcosa. Dopo qualche istante, i visi si voltarono all'unisono verso Mirina.

La ragazzina si allarmò.

« Che c'è, che ho fatto? » chiese.

Debrìs, cercando di non farsi vedere da Olga, le fece cenno di avanzare.

Mirina non capì.

« Cosa devo fare? »

Con il capo, e con la mano nascosta dietro alla schiena, il professore fece di nuovo degli strani segni.

« Non capisco » disse lei.

« Chidili com a a iire » sibilò il professore fra i denti.

« Eh? »

« Com a a iire! »

« A ire? »

« Oh, santi numi! Chiedile come va a finire! Non vuoi sapere come va a finire la storia? » esclamò Debrìs spazientito.

« Aaah » fece Mirina. « Sì, mi piacerebbe, ma adesso Olga deve andare a casa, è tardi e sua nonna sarà molto preoccupata. Domani ».

« Eh, domani... » borbottò Debrìs deluso. « Domani... »

Olga sorrise.

« Andò a finire bene... » disse.

LEZIONI DI SALTO

Qualche giorno dopo, Preside Saggia riunì gli insegnanti in sala professori. Desiderava consultarsi con loro in merito alla questione dei salti nella fantasia.

« Se non possiamo evitare che saltino, insegniamo loro a farlo in modo sicuro » propose Giubilo, che le sedeva vicino.

« E come? » domandò la signora Ordinetti.

« Be'… »

« Insegneremo loro a non temere di tornare » intervenne la Preside. Giubilo alzò la testa per osservarla attraverso la parte bassa degli occhiali, quella con cui vedeva da vicino, e rifletté.

« Insegnare ai giovani a non temere il mondo… » mormorò. « Interessante ».

« E come dovremmo fare? » chiese il professore di scienze.

« Spiegandoglielo » rispose Preside Saggia.

« Non è ciò che facciamo tutti i giorni? Non è per questo che vengono a scuola? Per imparare a conoscere il mondo? »

Giubilo intanto pensava.

« Sì » rispose la Preside.

« E allora? »

« Allora sembra che per alcuni il mondo sia troppo grande ».

« E cosa dovremmo fare, rimpicciolirlo? » scherzò l'insegnante di storia.

« Perché no? Oppure potremmo provare a far crescere loro » replicò la dirigente.

Risero tutti, tranne la professoressa di lingue, che prese seriamente la proposta.

« E come noi possiamo aiutare loro a crescere? » chiese con l'accento straniero.

« Allungheremo braccia e gambe » rispose Giubilo, ispirato da un'improvvisa intuizione.

« Scusa? »

« Allungheremo loro le braccia e le gambe » ripeté il professore di educazione artistica, sempre più convinto. « E tireremo loro il collo finché non saranno dei giganti ».

« Vuoi tirare il collo ai ragazzi? »

« Sì! Lungo, lungo, che vedano le cose dall'alto! »

« Un collo da giraffa » mormorò la Preside, ricordando il disegno di Piccola.

« È impazzito? »

« No, no, non è impazzito » rispose. « Sta dicendo che dovremmo rendere i nostri giovani più sicuri di loro stessi, delle loro forze, delle loro capacità ».

« Esatto! E nel contempo faremo a pezzi il mondo » aggiunse Giubilo.

« Anche! »

« Sì! Non tutte le bocche sono grandi uguali, non tutti gli stomaci, non tutte le pance ».

« Hai problemi di gastrite? »

« Ma via, che m'avete capito. Quante volte li mettiamo davanti alla realtà senza averli prima preparati, senza esserci prima assicurati che abbiano i mezzi, gli strumenti per comprenderla? Vogliamo che crescano e non abbiamo la pazienza di aspettare che lo facciano. Li trattiamo da adulti quando sono ancora piccini! "Devono imparare ad affrontare il mondo" diciamo e glielo serviamo così com'è: crudo, corrotto e spietato. E poi ci stupiamo se si rifugiano nella fantasia. Piuttosto, noi tutti dovremmo imparare a saltare. E alcuni di loro sarebbero bravi a insegnarcelo! »

« Che idea, Giubilo ».

Preside Saggia quasi applaudì.

« Che idea sì! » esclamò. « Stabiliremo un'ora di salto per gli insegnanti ».

« Assurdo! » protestarono questi. « Perché mai dovremmo imparare a saltare? »

« Perché ci siamo dimenticati com'è il mondo visto con i loro occhi » rispose Giubilo. « Ecco perché ».

« Fecero davvero corsi di salto per professori? » chiese Mirina.

« Ne fecero diversi » rispose Olga. « "Corso di salto nei quadri e ritorno", "Corso di salto nelle locandine e ritorno", "Corso di salto nei film... »

« Senza ritorno? »

« No, no, sempre con ritorno, tornare alla realtà è sempre stato fondamentale ».

« Misteriosa e Piccola continuarono a saltare nei disegni? » chiese Tomeo.

Olga annuì.

« Insegnarono anche ai professori più riluttanti. E non solo. I genitori di Misteriosa insistettero per tornare al Museo… »

“*« Quale quadro è venuta a visitare oggi, signorina? » mi chiese il guardiano all'entrata. Mi volsi verso mia madre e lasciai che fosse lei a rispondere.*

« La signora è saggia e ha molto buon gusto » disse infine il guardiano dopo averla ascoltata.”

Quel giorno l'intera famiglia Modemàs si tuffò in un oceano di puntini colorati e fu per tutti una bellissima esperienza.

« Che storia magnifica » plaudì Debrìs.

« E il messaggio mi pare chiaro » disse Gibòd.

« E quale sarebbe secondo te, sentiamo? »

« Oh, be', è molto semplice: per diventare splendidi adulti occorre restare un po' bambini ».

Il professore assestò una pacca amichevole sulla spalla dell'amico.

« Bravissimo, Gibòd! Anche dormendo, riesci a cogliere il succo delle storie della nostra Olga. E ti dirò di più: non potrei essere più d'accordo, non potrei essere più d'accordo! »

Tomeo baciò Olga sulla fronte e le accarezzò il viso.

« Vieni presto? »

La bambina annuì.

Finalmente ci furono gli abbracci e i saluti attesi e anche molti ringraziamenti da parte di tutti.

« Ci vediamo domani! » gridò Ari salutando Olga e avviandosi con il resto del gruppo.

Solo Bruco si attardò qualche istante ancora con lei. La ringraziò per la storia, prese accordi per rivederla il giorno dopo e tentennò, poiché avrebbe voluto confidarle un pensiero, ma c'era Mello e così rimandò.

« Vado » disse salutandola con la mano. « Ci vediamo domani ».

S'affrettò per raggiungere gli altri e con grande sorpresa, o forse non così grande, trovò Mirina ad aspettarlo.

« Corri che ci lasciano qui! » gli disse tendendogli la mano.

Lui d'istinto la rifiutò, nascondendo la propria dietro la schiena.

« Scusa tanto! » mugugnò Mirina offesa.

Camminarono in silenzio.

Certe volte Bruco alzava gli occhi su quella ragazzina alta e minuta, con la coda di cavallo che le spazzava la schiena, la maglietta rosa, le braccia e le gambe sporche di fango, le calzature farlocche, inventate da don Sero, che sembravano non poter resistere un altro passo e invece miracolosamente duravano e lei non si lamentava... Com'era diversa la Mirina che scendeva dalla montagna dalla Mirina che era salita poche ore prima, pensava Bruco.

« Non è colpa tua » le disse a voce bassa.
« Cosa? » fece lei.
« Non devi scusarti ».
« Ma allora...? »
« Allora niente ».
« Come niente? »
Bruco arrossì.
« Non ti piaccio? Sono brutta? » insistette la ragazzina.
« No, non è questo, non hai niente che non va. Sei anche sensibile e molto simpatica. Sei a posto ».
« Allora non capisco ».
« Non c'è niente da capire, va bene così ».
« Così come? »
« Che siamo amici » disse Bruco.
« Solo amici? »
« Se vuoi ».
« Sei innamorato di un'altra? »
« No ».
« C'è una che ti piace? »
« No ».
« Quindi sono io che non vado bene ».
« Né tu né nessun'altra » tagliò corto il ragazzino.
Mirina lo guardò stupita, mentre Bruco pregava che non ci fosse altro da spiegare.
Finalmente lei sembrò capire.
« Ti piacerebbe nuotare in un oceano di puntini colorati? » gli chiese cambiando discorso e incamminandosi verso casa.
« Credo di sì » rispose lui, « se non fosse vietato ».
« Lo immaginavo ».

« Sai, a quest'ora potremmo incontrare dei cinghiali o una volpe » le confessò Bruco. « Stamattina non te l'abbiamo detto per non spaventarti. Comunque, se succedesse, non gridare. Non ci faranno niente ».

« Però potrò avvicinarmi un po' a te? » chiese Mirina.

« Certo ».

Si avviarono parlando della strana giornata appena trascorsa, consapevoli entrambi d'aver acquistato un buon amico. E mai, mai, ci fu altro da spiegare.

Olga e Mello intanto avevano imboccato il sentiero nella boscaglia. La torcia del pastore svelava il fondo zuppo e gli arbusti lucidi lavati dalla pioggia.

A un tratto il fascio di luce ebbe un sussulto.

« Ehi! » esclamò Mello. Un muso era apparso dal buio: due occhi vispi, un naso color castagna e una coda scodinzolante.

« Valdo! » esultò Olga riconoscendo il cane. Lui le andò incontro e le saltò addosso per la gioia.

« E da dove è spuntato? » domandò il pastore. « Bosso non l'ha sentito! È davvero il tuo cane, santo cielo, è silenzioso come te ».

'Sei il mio cane!' pensò Olga, abbracciando forte Valdo. Era la creatura che più di ogni altra desiderava vedere.

« Sei venuto a cercarmi? Ti ha mandato nonna? Vieni, andiamo » gli disse.

Seguirono il sentiero finché emersero sopra una valle addormentata: il profilo scuro delle colline e degli alberi contro il cielo indaco, i riflessi del fiume, lento e scintillante, strapparono un sorriso alla bambina.

« Sono arrivata » disse al pastore, guardando dall'alto la sua casa illuminata. Una figura attendeva in piedi davanti all'uscio socchiuso. Olga fece un saluto e la figura rientrò.

Con un breve fischio, Mello richiamò Bosso.

« Vi lasciamo qui, allora, buon rientro » disse il pastore e, chinando appena il capo, portando due dita alla fronte alla maniera dei soldati, si allontanò.

« Vai! » disse Olga a Valdo. « Vai a dirle che sto arrivando e che sto bene ».

Il cane si lanciò giù dalla discesa.

Prima di seguirlo, Olga alzò il viso e guardò il cielo. Allungò una mano, chiuse un occhio, prese la luna tra le dita… e se la mise in tasca.

“ *7 agosto*

Mi chiamo Pola Palleg e ho scritto questo diario, che narra la mia storia e quella dei miei amici Mirian Asil, Mammi Camon, Rundi Beber e Gramsel Partami. Non eravamo solo misteriosa, piccola, dura, bravo e selvatico, eravamo molto di più. Eravamo semi in divenire, gusci pieni di promesse che attendevano di trovare il prato dove piantare le radici e crescere, diventare alberi, allungare i nostri rami fino a toccare il cielo.

Non smettemmo mai di essere amici, non smettemmo mai di saltare nei disegni e di osservare il mondo con gli occhi di quando eravamo bambini. Ancora oggi qualche volta saltiamo insieme; e sempre scuotiamo i libri prima di leggerli.

In questi anni ho viaggiato molto, in tutti i modi possibili, per cercare me stessa, per conoscere gli altri, per riempire i vuoti e continuare a sognare.

Al momento mi trovo su un brigantino alla deriva, unica sopravvissuta a una devastante tempesta. Lascio questo diario nella cabina dell'ufficiale di rotta, accanto alla mappa illustrata srotolata sul tavolo: non è un caso, ho trovato il modo di scendere..."

INDICE DEI CAPITOLI

Prologo	11
Una settimana prima	13
Alla fattoria Papel	21
Non posso fare niente	29
“Puona cita”	35
La bambina con i vestiti grandi	40
In volo con Cirpo	49
La natura dipinta	57
Lezioni di vita	65
Un salto al Museo	72
Un punto nell’universo	80
La tempesta	89
Il passaggio segreto	94
Il coraggio di Bosso	103
Il giro del (mappa)mondo	111
Una faccenda complicata	120
Una buona idea	129
Via dal mondo	136
Le campane di Balicò	143
Io vado, vieni con me?	149
Metti il mondo in tasca	155
Il ritorno	164
Lezioni di salto	173

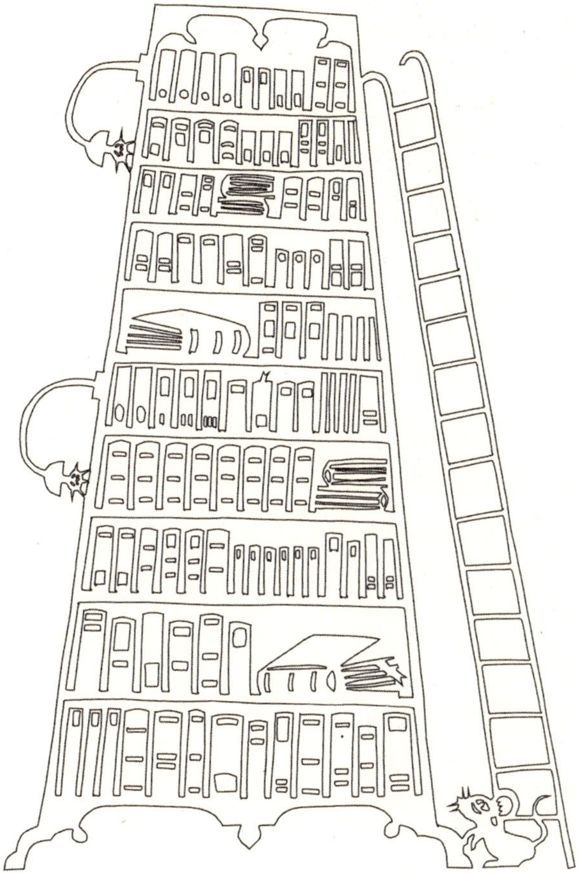

DISEGNA QUELLO CHE VUOI

DISEGNA QUELLO CHE VUOI

Olga di carta

LA SERIE

Tre nuovi libri dedicati
al potere di raccontare le storie.
Ogni libro è una storia, che va dritta
al cuore e porta ai lettori un nuovo,
delicatissimo mondo in cui l'autrice
affronta, con garbata ironia,
i temi delle fragilità, della vulnerabilità
e delle imperfezioni che ci spaventano
e che ci rendono umani.

Per i lettori di tutte le età

LIBRO 1

LIBRO 2

LIBRO 3

LIBRO 1

Il Segreto delle Gemelle

LIBRO 2

L'Incanto del Buio

LIBRO 3

Il Potere della Luce

La prima sera
parlai d'Amore
e di cuori intrepidi

La seconda sera
di Magia e di
mirabolanti avventure

La terza sera
raccontai storie
di Amicizia e di colori

La quarta sera
dissi Addio
a Fairy Oak

Finito di stampare
nel mese di ottobre 2018
per conto della Adriano Salani Editore s.u.r.l.
da Rotolito S.p.A - Seggiano di Pioltello (MI)
Printed in Italy